千家诗

QIAN JIA SHI

杨　星◎编

光明日报出版社

图书在版编目（CIP）数据

千家诗 / 杨星编 . —— 北京：光明日报出版社，
2013.6（2024.3 重印）
（光明岛）
ISBN 978-7-5112-4728-5

Ⅰ.①千… Ⅱ.①杨… Ⅲ.①古典诗歌—诗集—中国
Ⅳ.① I222.72

中国版本图书馆 CIP 数据核字（2013）第 126507 号

千家诗
QIAN JIA SHI

编　　者：杨　星	
责任编辑：李　倩	责任校对：王腾达
封面设计：博文斯创	责任印制：曹　净

出版发行：光明日报出版社
地　　址：北京市西城区永安路 106 号，100050
电　　话：010-67022197（咨询），67078870（发行），67019571（邮购）
传　　真：010-67078227，67078255
网　　址：http://book.gmw.cn
E - mail：lijuan@gmw.cn
法律顾问：北京德恒律师事务所龚柳方律师

印　　刷：北京一鑫印务有限责任公司
装　　订：北京一鑫印务有限责任公司
本书如有破损、缺页、装订错误，请与本社联系调换，电话：010-67019571

开　　本：150mm × 220mm	印　　张：12
字　　数：150 千字	
版　　次：2013 年 6 月第 1 版	
印　　次：2024 年 3 月第 4 次印刷	
书　　号：ISBN 978-7-5112-4728-5	

定　　价：29.80 元

目录

卷一 七绝

卷二 七律

卷三 五绝

卷四 五律

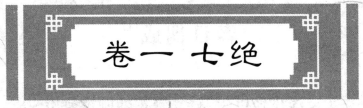

卷一　七绝

春日偶成①

程 颢②

云淡风轻近午天③，傍花随柳过前川④。
时人不识余心乐，将谓偷闲学少年⑤。

【注释】

①诗题一作《偶成》。诗人用清丽的语言勾勒了一幅清新明快的春景图，又用反衬的手法抒写了自己闲适自得的情趣，表达了对平淡自然境界的追求。

②程颢（hào，1032—1085）：字伯淳，号明道，北宋理学家、教育家，洛阳（今属河南）人，学者称明道先生。

③午天：正午时分。

④傍花随柳：穿行在花柳之间。傍，依靠。川：平原或河畔。

⑤将：乃，于是，就。

春 日①

朱 熹②

胜日寻芳泗水滨③，无边光景一时新。
等闲识得东风面④，万紫千红总是春⑤。

【注释】

①诗人描写了外出河边踏青所看到的百花齐放的春天美景。也有人认为这是一首哲理诗，用诗人探寻春天以及对春天的勃勃生机的感受说明只要进了孔圣之门，懂得了儒家真谛，就能领略到无边生机。

②朱熹（1130—1200）：字元晦，一字仲晦，号晦庵、晦翁、考亭先生、云谷老人、沧洲病叟、遯翁，别称紫阳。宋代著名理学家、教育家，中国思想史上最有影响力的哲学家之一。生平主要从事著述和讲学，是宋代理学集大成者。

③胜日：原指节日或亲朋相聚的日子，这里指美好的日子，天气晴朗的日子。寻芳：寻觅美好的春景。泗水：在今山东省中部。

④等闲识得：容易识别的意思。等闲，寻常，到处。东风：在这里指春天。

⑤万紫千红：形容色彩缤纷。

春　宵①

苏　轼②

春宵一刻值千金③，花有清香月有阴。
歌管楼台声细细④，秋千院落夜沉沉⑤。

【注释】

①诗题一作《春夜》。这首诗首句点明主旨，富于哲理意味，后三句则将春夜之美娓娓道来，抒发了浓郁的惜春之情。

②苏轼（1037—1101）：字子瞻，一字和仲，号东坡居士，眉山（今属四川）人。与父苏洵、弟苏辙为北宋散文名家，同列唐宋八大家，被称为"三苏"。苏轼能诗善画，他的诗歌境界开阔，气势磅礴，感情奔放，想象丰富，奇趣横生，笔力雄健，纵横驰骋。他擅长填词，是宋代豪放词派的开山人物，婉约词在他的笔下也拓展了题材。

③春宵：春天的夜晚。一刻：古代计时单位，一昼夜为一百刻。

④歌管：歌唱的声音和乐器的演奏声。管，管乐器，如笛、笙、箫之类。

⑤院落：庭院。沉沉：形容夜很深了。

城东早春①

杨巨源②

诗家清景在新春③，绿柳才黄半未匀④。
若待上林花似锦⑤，出门俱是看花人⑥。

【注释】

①这首诗描写了诗人对早春景色由衷的喜爱和赞美，也表达了诗人清远含蓄的审美意趣。

②杨巨源（755—约833）：唐代诗人，字景山，后改名巨济，河中（今山西永济）人。杨巨源才雄学富，他的诗既有意境开朗阔大之作，也有婉曲微妙的佳篇，呈现出健朗、豪迈的精神风貌。

③新春：早春时节。

④绿柳才黄半未匀：此句写柳树刚显现出鹅黄色，色泽还不鲜艳。突出早春特点。匀，均匀。

⑤上林：古代皇家园林上林苑，故址在今陕西省西安市。

⑥俱：都。

春　夜①

王安石②

金炉香尽漏声残③，剪剪轻风阵阵寒④。
春色恼人眠不得⑤，月移花影上栏杆⑥。

【注释】

①诗题也作《夜值》，写了入翰林院值夜班的感受。早春的天气，轻风吹拂，晓寒微侵，最能给人以春的气息；月的清阴，花的芬芳，令春风得意的诗人激动不已，不由得走出屋子，陶醉于宫禁中的美好春色。诗人一般认为是王安石，也有人认为是王安石的弟弟王安国。

②王安石（1021—1086），北宋著名政治家、文学家。字介甫，晚号半山。抚州临川（今属江西）人。王安石为唐宋八大家之一。

③漏声残：天将亮。漏是古代的一种计时工具。

④剪剪：形容春风轻微。

⑤恼人：撩人。

⑥上：爬上，移上。

初春小雨①

韩　愈②

天街小雨润如酥③，草色遥看近却无。
最是一年春好处④，绝胜烟柳满皇都⑤。

①诗题一作《早春呈水部张十八员外》，张十八员外指任水部员外郎的张籍。这首诗笔法细腻，描绘出春雨的独特感受与不易为人察觉的春色，抒发了对早春的喜爱。诗中描绘出草色若隐若现的妙趣，既符合自然规律又颇具哲理趣味。

②韩愈（768—824）：唐代著名文学家、哲学家。字退之，河南河阳（今属河南）人。因他的先世曾居昌黎，故韩愈也自称昌黎人，世称"韩昌黎"。

③天街：御街，帝都街道。酥：奶酪，这里比喻春雨的滋润。

④最是：正是。处：时，在诗词中多作时间用，不作地点解。

⑤绝胜：绝对超过。烟柳：指柳绿花红的暮春景色。皇都：京城。

元　日^①

王安石

**爆竹声中一岁除^②，春风送暖入屠苏^③。
千门万户曈曈日^④，总把新桃换旧符^⑤。**

【注释】

①这首诗语言简明轻快，用白描的手法，描写了元日热闹、欢乐和万象更新的动人景象。

②除：过去。

③屠苏：一种美酒，古人在酒里泡屠苏草、肉桂、山椒等，故有此名。唐宋有正月初一饮屠苏酒的习俗，据说可以除灾避邪。

④曈曈（tóng）：形容太阳初升的样子。

⑤桃：桃符，用桃木做的木匾，上画神像，如钟馗、秦琼等，古代元旦更换，用来驱邪。

上元侍宴①

苏　轼

淡月疏星绕建章②，仙风吹下御炉香。
侍臣鹄立通明殿③，一朵红云捧玉皇④。

【注释】

①这首诗是苏轼《上元侍饮楼上呈同列》三首的第一首，描写了正月十五元宵节这一天皇帝举办宫宴宴请臣子的场面，歌颂了太平的气象。上元：元宵节。

②建章：本是汉代宫殿名，故址在今西安市西，这里指北宋皇宫。

③鹄立：像天鹅一样立着，形容肃立的样子。鹄，天鹅，因其站立时总是伸直脖子，常用来形容站立时的端正恭敬。通明殿：传说中玉皇大帝的宫殿，此处指皇帝临朝的大殿。

④玉皇：天帝，此处指皇帝。

立春偶成①

张　栻②

律回岁晚冰霜少③，春到人间草木知。
便觉眼前生意满④，东风吹水绿参差⑤。

【注释】

①诗题一作《立春日禊厅偶成》。这首诗捕捉春回大地的气息，描写了立春时节万物复苏的景象。立春：二十四节气之一。

②张栻（1133—1180）：字敬夫，又字钦夫，号南轩，祖籍汉州绵竹（今属四川），寓居衡阳（今属湖南）。与朱熹、吕祖谦合称"东南三贤"。曾经在岳麓书院讲学。

③律回：节令回转，又指新春。律，律历，古代用十二乐律配十二月令。

④生意：生机。

⑤参差（cēn cī）：不平衡或不整齐的样子，此指风吹绿水所产生的水纹相接的样子。

宫　词①

王　建②

金殿当头紫阁重③，仙人掌上玉芙蓉④。
太平天子朝元日，五色云车驾六龙⑤。

【注释】

①这是一首应制诗，描写了封建帝王朝拜上天时的盛大场面。宫词：唐代诗歌中常用的诗题，描写宫中生活，内容大多描写深宫中宫女的忧愁和哀怨，形式一般为五言或七言绝句。

②王建（约767—约830）：字仲初，颍川（今河南许昌）人。他写了大量的乐府，他的以田家、蚕妇、织女、水夫等为题材的诗篇，语言比较朴实。他与张籍齐名，合称"张王乐府"。还写过宫词百首，在传统的宫怨之外，还广泛地描绘宫中风物，是研究唐代宫廷生活的重要材料。他还写过一些别具一格的小词。

③紫阁：华丽的楼阁，帝王居所，这里指朝元阁，位于华清宫老君殿

北面。

④仙人掌上玉芙蓉：汉武帝迷信神仙，在建章宫筑了一个神明台，上面有一个铜仙人捧着铜盘承接甘露，希望喝了这些甘露能延年益寿。这以后，仙人掌、玉芙蓉便成为描写宫中生活的常用词。

⑤五色云车：传说中仙人的车乘。

廷　试①

夏　竦②

殿上衮衣明日月③，砚中旗影动龙蛇④。

纵横礼乐三千字，独对丹墀日未斜⑤。

【注释】

①这首诗写参加特谏科殿试的情景，虽然没有什么重大意义，但是写得非常生动逼真。

②夏竦（985—1051）：字子乔，江州德安（今属江西）人。

③衮（gǔn）衣：古代帝王及王公绣龙的礼服，这里指的是皇帝的礼服。

④砚中旗影动龙蛇：这句描写了龙旗上的动物映在砚中的状态。

⑤独对：宋朝设有特荐科，对策称为旨者，特赐进士及第，所以叫作独对。丹墀（chí）：指宫殿的赤色台阶或赤色地面。

咏华清宫①

杜　常②

行尽江南数十程，晓风残月入华清③。

朝元阁上西风急④，都入长杨作雨声⑤。

【注释】

①这是一首咏史诗，诗人通过对前代旧宫的凭吊，抒发了历史兴亡与繁华不再的感慨。

②杜常：字正甫，宋代诗人。

③"行尽"以下两句：首句写自己急匆匆地从江南一路赶来，写出急于观赏华清宫美景的心情；第二句用白描的手法写出华清宫一片凄凉冷清景象，与上句形成强烈反差。华清，即华清宫，唐代的离宫。

④朝元阁：宫殿名，在华清宫内。

⑤长杨：秦汉的离宫。初建于秦昭王时，因宫中有数亩垂杨而得名。长杨宫是皇帝游猎的场所，秦朝灭亡后仍保存得相对完整，到了西汉，帝王们也常去游幸。

清平调词①

李 白②

云想衣裳花想容③，春风拂槛露华浓④。
若非群玉山头见⑤，会向瑶台月下逢⑥。

【注释】

①这首诗作于唐玄宗天宝二年（743年），原有三首，这是第一首。这首诗用比喻、夸张、拟人等修辞手法，以盛开的牡丹比杨玉环，用杨玉环比盛开的牡丹，花即是人，人即是花。又将杨玉环比为天上的仙女下凡，赞美杨玉环的美貌，所以深得玄宗喜爱。清平调：唐大曲中调名，后为词牌名。

②李白（701—762）：字太白，号青莲居士，又号"谪仙人"，中国唐代伟大的浪漫主义诗人，被后人尊称为"诗仙"。他的诗作以描写山水

和抒发内心的情感为主。诗风雄奇豪放。他与杜甫并称为"大李杜"。

③云想衣裳花想容：用明喻的手法写出杨玉环的美貌。想，像，似。

④拂：抚摸，拟人手法。槛：栏杆。露华浓：带露水的牡丹更鲜艳。华，同"花"，这里指牡丹。

⑤若非：如果不是。群玉：山名，神话传说中西王母居住的地方。

⑥会：必然，一定是。瑶台：西王母居住的宫殿。

绝　句①

杜　甫②

两个黄鹂鸣翠柳，一行白鹭上青天。

窗含西岭千秋雪③，门泊东吴万里船④。

【注释】

①安史之乱后杜甫重返成都浣花溪草堂，写了四首即景小诗，这是第三首。诗中生动地描绘了浣花溪畔草堂附近的优美景色，有近景，有远景，有静态，有动态，每句诗构成一幅独立的图景，色彩绚丽，语言明快，表达了诗人对美好自然的热爱之情。

②杜甫（712—770）：字子美，其祖先为襄阳人。杜甫与李白齐名，时称"李杜"。杜甫诗歌以忠君忧国、伤时念乱为本旨，用沉痛之笔记录"安史之乱"前后这段历史，读其诗可以知其世，故把他的诗称为"诗史"。后世尊称他为"诗圣"。

③窗含：窗户对着雪山，好像口含一样。西岭：泛指岷山，在成都西。岷山雪岭，积雪终年不化，所以说"千秋雪"。

④东吴：今江浙一带，古称东吴。万里船：来去江南的船只。万里，虚指行程，不是实际数字。

海　棠①

苏　轼

东风袅袅泛崇光②，香雾空蒙月转廊③。
只恐夜深花睡去④，故烧高烛照红妆⑤。

【注释】

①这是一首咏物之作，写出了诗人惜花爱花之情。前两句写物，从视觉、嗅觉角度，表现了月色朦胧的夜晚，微风吹拂之下，海棠花摇曳多姿，香气弥漫的状态；后两句转而写人，写诗人因为害怕海棠在深夜中睡去，所以特意点上高高的蜡烛，传神地写出诗人的痴情、海棠的美丽，感情深切真挚。

②东风：春风。袅袅（niǎo）：形容微风吹拂的样子。泛：浮动。崇光：春光。

③空蒙：一作"空濛"，雾气迷蒙的样子。

④只恐：只怕，只是担心。

⑤红妆：女子盛装，此处喻指海棠。

清　明①

杜　牧②

清明时节雨纷纷，路上行人欲断魂③。
借问酒家何处有④，牧童遥指杏花村⑤。

清　明①

王禹偁②

无花无酒过清明，兴味萧然似野僧③。
昨日邻家乞新火④，晓窗分与读书灯。

火，只吃冷食，因此寒食节后新生的火种称为新火。

社 日①

王 驾②

鹅湖山下稻粱肥③，豚栅鸡栖对掩扉④。
桑柘影斜春社散⑤，家家扶得醉人归。

【注释】

①这首诗描写乡村社日风俗，但没有正面描写社日仪式活动，而是侧面着笔，描绘出一幅富庶太平热闹的景象。社日：祭祀土神的日子。

②王驾：字大用，自号守素先生，河中（今山西永济）人，晚唐诗人。他的绝句构思巧妙，自然流畅，受人推崇。

③鹅湖山：山名，江西省铅山县北，原名荷湖山。晋末有一个姓龚的人，在这里养鹅，所以叫鹅湖山。

④豚（tún）栅：猪栅栏，猪圈。鸡栖：鸡窝。扉（fēi）：门。

⑤桑柘（zhè）影斜：日过午后，树影越来越斜，此处指天色已晚。柘，树。春社：古代祭祀土神、五谷神，按其季节称为春社与秋社。春社中有饮中和酒、宜春酒的习俗，据说可以医治耳疾。秋天则是报答神的恩典，感谢神灵让人们获得丰收。春秋二社又简称"春祈秋报"。

寒 食①

韩翃②

春城无处不飞花，寒食东风御柳斜③。
日暮汉宫传蜡烛④，轻烟散入五侯家⑤。

【注释】

　　①这首诗是一幅京城寒食风俗图，用白描的手法、含蓄而韵味深厚的语言，描绘出京城落花纷飞、杨柳弄姿的暮春景色以及寒食皇宫赐火五侯的情形。也有人认为诗人在讽刺当时宦官专权。

　　②韩翃（hóng）：字君平，南阳（属今河南省）人，唐代诗人，是"大历十才子"之一。他的诗笔法轻巧，写景别致，在当时传诵很广。在"大历十才子"中，韩翃的创作成就最大。

　　③御柳：御苑中的柳树。

　　④传蜡烛：寒食夜，朝廷专门给权贵人家赐火，以示恩宠。

　　⑤五侯：汉成帝、桓帝都曾封勋戚功臣五人为侯，世称五侯，后来泛指权贵。

江南春①

杜　牧

千里莺啼绿映红②，水村山郭酒旗风③。
南朝四百八十寺④，多少楼台烟雨中⑤。

【注释】

　　①这首诗着眼于整个江南特有的景色，用概括洗练的笔法写出了辽阔江南春景的丰富多彩与深邃迷离，有声有色，生机勃勃，表现了对江南美景的赞美与热爱。也有人认为此诗借楼台虽在而南朝已亡讽刺唐代过度崇佛的政策。

　　②千里：指范围广。绿映红：绿树映衬着红花。

　　③水村：水乡。山郭：依山建的外城，古代内城为城，外城称郭。酒旗：悬挂于酒店门口，招揽酒客的招牌，又称酒望子、酒帘、青旗、锦旆等。

　　④南朝：宋、齐、梁、陈四个封建王朝的总称。南朝君臣好佛，广置

寺院，据说有五百余所，此处四百八十是约数，并非实指。

⑤楼台：寺院佛殿建筑。

上高侍郎①

高　蟾②

天上碧桃和露种③，日边红杏倚云栽。
芙蓉生在秋江上④，不向东风怨未开⑤。

【注释】

①此诗题目一作《下第后上永崇高侍郎》。这是诗人落第后所作，用天上碧桃、日边红杏比喻进士及第者，用秋江芙蓉自比，表达了孤高的人品与自信，充满了逆境中的不屈与奋进精神。高侍郎：此处指高骈。

②高蟾：河朔（今河北省）人，出身贫寒，乾符三年（876年）登进士第。他擅长写诗，《唐才子传》中说他"诗体则气势雄伟，态度谐远，如狂风暴雨之来，物物竦动，深造理窟"。

③碧桃：传说中的仙桃。这里的碧桃与红杏都比喻借皇家威势而显贵的小人。

④芙蓉：荷花，此处为诗人自比，流露出不依权贵的志向。

⑤怨：抱怨。

绝　句①

僧志南②

古木阴中系短篷③，杖藜扶我过桥东④。
沾衣欲湿杏花雨，吹面不寒杨柳风⑤。

①这首诗写了诗人雨中驾舟游春的情景。语言清新明丽，意境明快，节奏鲜明，不提"春"字而春意盎然，充分展现了诗人内心的闲适与悠然，是歌咏春天的佳作。

②志南：南宋诗僧，志南是他的法号。

③短篷：小船。

④杖藜扶我：实际上是"我扶杖藜"。杖藜，藜杖。藜，一种藤类植物。扶，助。

⑤"沾衣"以下两句：为倒装句式，即"杏花雨沾衣欲湿，杨柳风吹面不寒"。杏花雨，杏花开放时节下的雨，即春雨。杨柳风，杨柳发芽时吹的风，即春风。

游园不值①

叶绍翁②

应怜屐齿印苍苔③，小扣柴扉久不开④。
春色满园关不住⑤，一枝红杏出墙来。

【注释】

①诗题一作《游小园不值》。这是一首富于哲理的绝句，写得生动形象。诗人游园未逢主人，但他并没有懊恼，而是描写了红杏、春色的喜人姿态，反映了春天万物复苏的勃勃生机，形象地说明了新生的、美好的事物是无法阻挡的。不值：没有遇见人，这里指没有进入花园。值：面对、遇到。

②叶绍翁：南宋中期诗人。字嗣宗，号靖逸。他尤其擅长写七言绝句，他属于江湖派，但意境高远，用语新警，非一般江湖派诗人之作可比。

③怜：爱惜、怜惜。屐（jī）：一种底下有齿的木鞋，此处借代指

鞋。苍苔：青苔。

④小扣：轻轻地敲。扣，敲。柴扉：柴门。

⑤春色满园关不住：即"满园春色关不住"。

客中行①

李　白

兰陵美酒郁金香②，玉碗盛来琥珀光③。

但使主人能醉客④，不知何处是他乡。

【注释】

①诗题一作《客中作》。这首诗是诗人旅途中所作。前两句极力写兰陵酒的美好，后两句写只要主人能殷勤待客，就没有客居他乡的羁旅之思，抒发了诗人的豪情逸兴，表现了诗人乐观豁达的精神。客中行：旅居他乡所作的诗歌。

②兰陵：地名，今山东枣庄，据传因附近土陵兰草繁茂、兰花芳香而得名，唐代以产酒闻名。郁金香：一种珍贵的植物，古人用它来泡酒，泡后酒带金黄色。

③琥珀：一种树脂化石，黄色或深褐色，晶莹透明，富有光彩，这里用来形容酒色色泽鲜亮。

④但：只要。

题　屏①

刘季孙②

呢喃燕子语梁间③，底事来惊梦里闲④。

说与旁人浑不解⑤，杖藜携酒看芝山⑥。

【注释】

①诗题一作《题饶州酒务厅屏》。诗以幽默而轻松明快的笔调写燕子惊醒睡梦，于是杖藜携酒游赏芝山，抒发了寄情山水的闲适心情。饶州：今江西鄱阳。

②刘季孙（1033—1092）：字景文，祥符（今河南开封）人。他博通史传，喜好异书古文石刻，精于鉴赏。

③呢喃：燕子低鸣声。

④底事：何事，为什么。

⑤浑：全然。

⑥芝山：山名。在今江西鄱阳北。

漫　兴①

杜　甫

肠断春江欲尽头②，杖藜徐步立芳洲③。
颠狂柳絮随风舞，轻薄桃花逐水流④。

【注释】

①杜甫有《绝句漫兴九首》，这是其中的第五首。此诗是诗人暮春时节漫步江边所作，写诗人见到春景狼藉，残柳落花，抒发了他对国计民生的忧虑。漫兴：即兴而作，兴之所至随意写成。

②肠断：形容极度伤心。

③藜：藜杖。徐步：缓行，漫步。芳洲：长满花草的水中陆地。

④"颠狂"以下两句：用拟人的修辞手法描绘柳絮、桃花的动态。颠狂，放荡不羁，指柳絮上下翻飞。轻薄，轻浮。

玄都观桃花^①

刘禹锡^②

紫陌红尘拂面来^③，无人不道看花回。
玄都观里桃千树，尽是刘郎去后栽^④。

【注释】

①原题作《元和十年自朗州召至京戏赠看花诸君子》。这是首政治讽刺诗，是诗人被贬回京后所作，写桃花实际上是在讽刺当朝权贵。诗人借春日玄都观桃花的繁盛艳丽和游人如织的情景，影射贤良被逐，奸邪得势，抒发了诗人对朝廷新贵的讽刺与蔑视之情。玄都观：唐代一个道观，在今西安南门外。

②刘禹锡（772—842）：唐代文学家、哲学家，字梦得。洛阳（今属河南）人。他的诗高亢激昂、意气纵横，语言刚健，笔锋犀利。晚年与白居易酬唱颇多。他的诗善于学习民歌，含思宛转，语调清新，有浓郁的生活气息。

③紫陌：长安街道。红尘：街道上人行马驰扬起的尘土。

④尽是刘郎去后栽：暗指新贵们都是在王叔文变法失败后攀附当权者而得势的。刘郎，诗人自称。

滁州西涧^①

韦应物^②

独怜幽草涧边生^③，上有黄鹂深树鸣^④。

春潮带雨晚来急。野渡无人舟自横^⑤。

【注释】

①这是一首诗情浓郁的小诗。诗人描写了滁州西涧的幽草、黄鹂、春雨、春潮、野渡等优美的自然风光，有声有色，动静结合，幽静而富有生趣。诗人以景写情，写出了自己素爱幽静的审美情趣，流露出恬淡的心境和忧伤的情怀。也有人认为这首诗抒发了对宦海浮沉的厌倦以及归隐的心情。滁州：地名，今安徽滁县。西涧：在滁州城西，俗名上马河。

②韦应物（约737—约791）：唐代诗人，京兆长安（今陕西西安）人。世称"韦江州"、"韦左司"或"韦苏州"。

③怜：爱。幽草：生长在暗处的草。幽，一作"芳"。生：一作"行"。

④深树：树丛深处。树，一作"处"。

⑤野渡：偏僻无人管理的渡口。

花　影^①

谢枋得

重重叠叠上瑶台^②，几度呼童扫不开^③。
刚被太阳收拾去，却教明月送将来。

【注释】

①这是一首咏物诗，描写了花影日落刚没、晚间又来的情景。语言生动活泼，富有情趣。也有人认为这是一首政治讽刺诗，用花影叠映瑶台，比喻帝王身边的奸邪小人得势。

②瑶台：神话传说中的仙家住地。这里指院落中清幽的亭台。

③几度：几次。扫不开：扫不去，扫不掉。

北 山①

王安石

北山输绿涨横陂②，直堑回塘滟滟时③。
细数落花因坐久④，缓寻芳草得归迟。

【注释】

①北山：钟山，又名蒋山，即今南京紫金山。王安石晚年筑室于山腰，号半山。这首诗描写了诗人去北山郊游所看到的美好景致。诗作描写了绿满北山、绿波滟滟的优美景色和诗人细数落花、缓寻芳草的雅致，抒发了诗人隐居半山、寄情山水的闲适之情。

②输：输送，这里是蔓延的意思。陂（bēi）：池塘，水边。

③堑：壕沟。回塘：曲折的池塘。滟滟：波光动荡的样子。

④数（shǔ）：查点。因：于是。

湖 上①

徐元杰②

花开红树乱莺啼③，草长平湖白鹭飞④。
风日晴和人意好⑤，夕阳箫鼓几船归⑥。

【注释】

①湖：这里指西湖。诗歌的前两句用色彩缤纷的词语写出春日西湖的美景，后两句写游人尽兴而归，描绘出一幅西湖春景图。

②徐元杰（1196—1246）：字伯仁，号梅野，信州上饶（今江西上饶）八都黄塘人，被学者称为天庸先生。

③红树：红花满树。乱莺啼：嘈杂的莺啼声。

④平湖：平静的湖面。

⑤风日晴和：风和日丽。风日，一作"风物"。人意：心情。

⑥箫鼓：都是乐器，这里借指管弦之乐。

漫　兴①

杜　甫

糁径杨花铺白毡②，点溪荷叶叠青钱③。
笋根雉子无人见④，沙上凫雏傍母眠⑤。

【注释】

①这首诗是杜甫《绝句漫兴九首》的第七首。诗人用对偶的手法，细腻而传神地描写了初夏的景色，一句一景，笔法生动逼真，意境优美温馨，抒发了诗人的闲适之情。

②糁（sǎn）径：散乱地落满细碎杨花的小路。糁，原意为饭粒，这里引申为散落、散布。

③青钱：这里是说出生的荷叶点缀在小溪上，像重叠的铜钱。

④雉子：小野鸡。一作"稚子"，指嫩笋芽。

⑤凫雏：小野鸭。

春　晴①

王　驾

雨前初见花间蕊，雨后全无叶底花。

蜂蝶纷纷过墙去，却疑春色在邻家^②。

【注释】

①诗题一作《晴景》，又作《雨晴》。这是一首即兴之作，着重描写了暮春时节雨前雨后的景色，写春色易逝，表达了诗人惜春之情，构思非常别致。

②疑：疑心。

春　暮^①

曹豳^②

门外无人问落花，绿阴冉冉遍天涯^③。
林莺啼到无声处^④，青草池塘独听蛙^⑤。

【注释】

①这首诗描绘了农村暮春夜晚的景色。诗歌抓住暮春时节节令变化进行描摹，写落花已尽，绿荫渐浓，林莺声歇，青蛙登场，绘景摹声，清新明快，传递出强烈的生命消长意识。

②曹豳（1170—1250）：字西士，一字潜夫，号东畎，瑞安（今属浙江）人。

③绿阴：绿树浓荫。冉冉：通"苒苒"，草木茂盛的样子。

④处：时候。

⑤独：只。

落　花①

朱淑贞②

连理枝头花正开③，妒花风雨便相催④。

愿教青帝常为主⑤，莫遣纷纷点翠苔⑥。

【注释】

①诗题一作《惜春》。这首诗借惜春之情表达了诗人对美好幸福生活的向往。

②朱淑贞：又作朱淑真，宋代女作家，号幽栖居士，钱塘（今浙江杭州）人。

③连理枝：两棵树枝条连在一起生长，常用来比喻恩爱夫妻。

④妒：嫉妒。催：催促，这里指风雨催促花儿凋谢，拟人手法。

⑤青帝：我国古代神话中的五天帝之一，是位于东方的掌管春天的神，又称苍帝、木帝。

⑥莫遣：不要让。翠苔：绿色的苔藓。

春暮游小园①

王　淇②

一从梅粉褪残妆③，涂抹新红上海棠④。

开到荼蘼花事了⑤，丝丝天棘出莓墙⑥。

①这首诗描写了春暮小园的景色。诗人按照各种花开放的顺序，一直写到百花凋零，描绘出春景的变化。同时，所选的花色彩上由浅变深，由红至白，由白转绿，写出春色变化，给人以妙趣横生的感觉。

②王淇：字菉猗，与谢枋得有交，生平事迹不详。

③一从：自从。褪残妆：拟人手法，指梅花凋谢。

④涂抹新红：指海棠盛开。

⑤花事了：春天的花都开完了。

⑥天棘：即天门冬，百合科草本植物。莓墙：有苔藓生长的墙，也可理解为旁边种有木莓的墙。

暮春即事①

叶 采②

双双瓦雀行书案③，点点杨花入砚池④。

闲坐小窗读周易⑤，不知春去几多时。

【注释】

①这首诗描写了古代读书人春日潜心求学的情景，表现了读书人不关心外事的闲适。

②叶采：字仲圭，号平岩，建阳（今属福建）人。

③瓦雀：屋顶瓦上的麻雀，这里指麻雀的影子。书案：书桌。

④杨花：柳絮。砚池：砚台。

⑤周易：即《易经》，是我国古代的儒家经典著作之一。

登 山①

李 涉②

终日昏昏醉梦间，忽闻春尽强登山③。
因过竹院逢僧话，又得浮生半日闲④。

【注释】

①诗题一作《题鹤林寺僧院》，鹤林寺，故址在今江苏省镇江市。前两句写整日醉生梦死，毫无乐趣，只是听说春天快要结束了才想起登山；后两句写与僧人聊天，才得到半日闲适，流露出诗人内心的苦闷。

②李涉：自号清谿子，洛阳（今河南洛阳）人。

③强：勉强。

④浮生：人生。因为人生在世，虚浮不定，因称人生为"浮生"。

蚕妇吟①

谢枋得

子规啼彻四更时②，起视蚕稠怕叶稀③。
不信楼头杨柳月④，玉人歌舞未曾归⑤。

【注释】

①吟：古代诗歌体裁的一种。这首诗通过描绘蚕妇夜半起床劳作的艰辛和歌儿舞女的通宵不寐这两幅图景，讽刺了社会的不公正，表达了对劳

动者的同情和对贪图享乐的达官贵人的不满。

②子规：即杜鹃，又称杜宇、望帝。啼彻：不断地啼叫。四更：古时一夜分为五更，四更时尚未天明。

③稀：少。

④杨柳月：月亮西沉至杨柳树梢。

⑤玉人：容貌美丽的人。这里指歌女舞伎。

晚　春①

韩　愈

草木知春不久归②，百般红紫斗芳菲③。
杨花榆荚无才思④，惟解漫天作雪飞⑤。

【注释】

①这首诗是《游城南》十六首的第三首。全诗运用拟人手法，生动形象地写出草木知道春天将要远去，争艳斗奇，而杨花、榆荚因缺乏文采，只好漫天飞舞的情景，赋予晚春以灵性，极具生机与活力。

②归：指春天将尽。

③百般：各种各样，千方百计。斗芳菲：竞艳吐芳，争相开放。

④榆荚：榆钱。

⑤惟解：只知道。

伤　春①

杨万里②

准拟今春乐事浓③，依然枉却一东风④。

年年不带看花眼，不是愁中即病中⑤。

【注释】

①诗题一作《晓登万花川谷看海棠》，原诗共二首，这是第二首。伤春：为春天将逝而伤感。诗人不仅有感于春光流逝，更主要的是为自己而感慨。前两句写今年赏春乐事落空，后两句进一步发出感慨，说年年如此，抒发因病不能赏春的失意。

②杨万里（1127—1206）：字廷秀，号诚斋。吉州吉水（今属江西）人。南宋杰出的诗人。他以诗著名，与尤袤、范成大、陆游并称"中兴四大诗人"，当时被奉为诗坛宗主。其诗生动活泼、幽默诙谐，被称为"诚斋体"。

③准拟：料想，本以为。浓：多，深。

④枉却：白白地辜负。

⑤即：就是。

送　春①

王　令②

三月残花落更开③，**小檐日日燕飞来。**
子规夜半犹啼血④，**不信东风唤不回**⑤。

【注释】

①这首诗主要抒发惜春之情。诗人并没有描写令人伤感的景色，而是通过残花落后又开、燕子飞来，将暮春景色写得富有生机，而杜鹃唤春更写出了诗人对春天的执着，委婉地写出惜春之情。

②王令（1032—1059）：江都人，初字钟美，后改字逢源，原籍元城（今河北大名），一生孤愤。西昆体浮靡之音盛行诗坛之时，他以用语精辟、笔意纵横、气格雄壮的特色为扫荡西昆陋习做出了贡献。

③更：又。

④子规：杜鹃，相传古蜀国国王杜宇亡国，化为杜鹃，自春至夏啼叫不已，声音凄苦，以至于口中泣血，所以说啼血。

⑤唤：呼唤。

三月晦日送春①

贾　岛②

三月正当三十日③，风光别我苦吟身④。
共君今夜不须睡⑤，未到晓钟犹是春⑥。

【注释】

①诗题一作《三月晦日赠刘评事》。诗人写自己因为苦吟作诗而忽略了大好春光，只好抓住最后的春夜与之做伴，突出了春光的宝贵，表现了眷恋春光、珍惜韶华的情怀。构思新颖，格调明快。三月晦日：就是农历三月三十日。晦日，农历每月的最后一天。

②贾岛（779—843）：唐代诗人，字浪仙。范阳（今北京附近）人。早年出家为僧，号无本。他擅长五律，苦吟成癖，他的诗用语奇特，常写荒寒冷落之景，表现愁苦幽独之情，被称为"苦吟诗人"。

③正当：正值。

④风光：春光。别：远离。苦吟：作诗竭尽全力。

⑤共君：同您，指春天。

⑥晓钟：报晓的钟声。

客中初夏①

司马光②

四月清和雨乍晴③，南山当户转分明④。
更无柳絮因风起，惟有葵花向日倾⑤。

【注释】

①诗题一作《居洛初夏作》。这是一首夏日即景之作，诗人描写了初夏特有的天气特征和景物，远近结合，虚实相生，形象生动，境界恬静。也有人认为这是一首政治讽喻诗，诗人以葵花作喻，抒发对皇帝忠贞不渝的感情。客中：作客他乡。

②司马光（1019—1086）：北宋杰出的史学家和散文家，字君实，陕州夏县涑水乡（今山西运城安邑镇东北）人，世称"涑水先生"，谥号文正。他学识渊博，音乐、律历、天文、术数都非常精通。

③清和：天气晴朗暖和。乍：初。

④当户：对着门户。转分明：雨中南山模糊不清，天气转晴则清晰可见。

⑤倾：倾斜。

有　约①

赵师秀②

黄梅时节家家雨③，青草池塘处处蛙。
有约不来过夜半，闲敲棋子落灯花④。

【注释】

①诗题一作《约客》。诗人抓住观灯花坠落与闲敲棋子这两个细节，写夏天深夜等待客人到来的怅然、焦灼与落寞之情。全诗清新、细腻、耐人寻味。

②赵师秀（1170—1219）：字紫芝，又字灵秀，亦称灵芝，号天乐，永嘉人，宋太祖八世孙。赵师秀与翁卷、徐照、徐玑号为"永嘉四灵"。

③黄梅时节：春末夏初梅子成熟时节。家家雨：天天下雨，人们多闭门不出。

④"有约"以下两句：友人因风雨不能来赴约，诗人只好独自坐在灯下，无聊地敲着棋子，把灯花都震落了。

闲居初夏午睡起①

杨万里

梅子留酸软齿牙②，芭蕉分绿与窗纱③。

日长睡起无情思④，闲看儿童捉柳花。

【注释】

①诗题一作《初夏睡起》。这首诗描绘了诗人初夏午睡醒来后闲观儿童捕捉柳絮的情形，抒发了诗人赋闲在家的闲愁，委婉含蓄地表达了英雄无用武之地的苦闷。

②留酸：带酸。留，一作"流"。软：使……软。

③芭蕉分绿与窗纱：写芭蕉的绿荫映照在窗户上，使纱窗也多了些绿色。与，一作"上"，一作"映"。

④长：一作"高"。无情思：没有心绪。

三衢道中①

曾 几②

梅子黄时日日晴③，小溪泛尽却山行④。
绿阴不减来时路，添得黄鹂四五声。

【注释】

①这首诗描写诗人在旅途中所见到的初夏景色。首句写梅子时节本来多雨，而此时却又是难得的晴天，所以能尽情游赏，次句借写游踪表达尽兴之乐，后两句写返回途中兴味不减，暗示诗人游兴之高。三衢：山名，在今浙江衢州境内。

②曾几（1084—1166）：字吉甫、志甫，自号茶山居士，谥号文清。曾几的近体诗轻快清新，富有情趣。

③梅子黄时：梅子熟时江南多雨，所以称为梅雨季节。日日晴：但现在却天天晴朗，最是难得的游赏机会。

④小溪泛尽却山行：坐船到了小溪的尽头，又改走山路。

即 景①

朱淑贞

竹摇清影罩幽窗②，两两时禽噪夕阳③。
谢却海棠飞尽絮④，困人天气日初长。

【注释】

①诗题一作《清昼》。这是一首即景抒情诗。诗人用工笔细描的手法，通过初夏的景色写夏日日长人困，少妇独坐空房的苦闷与忧伤。即景：眼前之景，有感而作。

②清影：清幽的影子。幽窗：幽静的窗户。

③时禽：应时的鸟。噪：吵扰。

④谢却：凋谢。

初夏游张园①

戴复古②

乳鸭池塘水浅深③，熟梅天气半晴阴④。

东园载酒西园醉⑤，摘尽枇杷一树金⑥。

【注释】

①诗题一作《夏日》。诗人写江南初夏载酒游园的欢畅情景，描绘了初夏时节的美好景物，表现了江南人民的闲适富足的生活。

②戴复古（1167—？ ）：南宋诗人。字式之，天台黄岩（今浙江黄岩）人。戴复古是江湖派著名诗人，生性耿介正直，不逢迎权贵，虽然行事谨慎，但在诗里却往往热烈地抒发爱国情感，并大胆指斥朝政国事。他的词语言清丽，风格豪放。

③水浅深：水的深浅。

④半晴阴：忽晴忽阴。

⑤东园载酒西园醉：这句是说载酒游园，酣畅尽兴。东园、西园属于互文，不是确指。

⑥枇杷：一种常绿植物，蔷薇科，果实为淡黄色或橘黄色，味甜美。一树金：一树金黄色的枇杷像金子一样。

山亭夏日①

高 骈②

绿树阴浓夏日长③，楼台倒影入池塘。
水晶帘动微风起④，满架蔷薇一院香⑤。

【注释】

①诗题原作《山居夏日》。诗中描绘了夏日的绿树浓荫、楼台倒影、池塘水波与蔷薇花香，构成一幅色彩鲜明、格调优雅的风景图，表现了诗人夏日闲居的悠闲神情。

②高骈（821—887）：字千里，唐末大将、诗人。

③阴浓：树荫浓密。

④水晶帘：装饰有水晶的帘子，这里比喻水面，形容微风吹拂水面，波光荡漾，水纹与楼台倒影映在一起，就像水晶帘在微微摆动。

⑤一院：满院。

田 家①

范成大②

昼出耘田夜绩麻③，村庄儿女各当家④。
童孙未解供耕织⑤，也傍桑阴学种瓜⑥。

①范成大退居苏州石湖时写了《四时田园杂兴》绝句六十首，这是其中的一首。诗中描写了农村夏日生活的一个场景，刻画生动，笔触细腻，歌颂了田家的辛勤劳作。

②范成大（1126—1193年），南宋诗人。字致能，号石湖居士，吴郡（今江苏苏州）人。范成大文学造诣很高，著作也很丰富。

③耘田：除草。绩麻：搓麻线。

④各当家：各顶一行。当家，在行。

⑤童孙：泛指年幼儿童。未解：不知道。供：从事，参加。耕织：指农事劳作。

⑥傍桑阴：在桑树荫下。

村居即事①

翁 卷②

绿遍山原白满川③，子规声里雨如烟④。

乡村四月闲人少，才了蚕桑又插田⑤。

【注释】

①诗题一作《乡村四月》。诗中描绘了江南农村的迷人风光，勾勒出初夏农村的繁忙景象，赞颂了农民的辛勤劳作。

②翁卷：字续古，一字灵舒，永嘉乐清（今属浙江）人，南宋诗人。他和徐照（字灵晖）、徐玑（字灵渊）、赵师秀（字灵秀）三人诗名相当，并称"永嘉四灵"。他们的诗风继承了晚唐诗人贾岛、姚合的风格，要求以清新刻露之词写野逸清瘦之趣。他们继承了山水诗人、田园诗人的传统，满足于啸傲田园、寄情泉石的闲逸生活。在艺术上，又能刻意求工，忌用典，崇尚白描，轻古体而重近体，尤重五律，在较大程度上纠正了江西派诗人以学问为诗的习气。

③山原：高山平原。川：河流。

④雨如烟：细雨蒙蒙，如烟如雾。

⑤了：结束。

题榴花①

韩　愈

五月榴花照眼明②，枝间时见子初成③。

可怜此地无车马④，颠倒苍苔落绛英⑤。

【注释】

①这首诗是《题张十一旅舍三咏》中的《榴花》篇，是一首咏物言志诗。诗中借石榴花自开自落，无人观赏，含蓄地表达了惜花之情和怀才不遇之叹。也有人将这首诗理解为表达诗人对清幽景物的欣赏之情。

②榴花：石榴花，一般在农历五月开放。照眼明：看见石榴花开顿觉眼前一亮，说明石榴花艳丽夺目。

③子初成：石榴刚结果实。

④可怜：可惜。无车马：没有车马，无人来欣赏。

⑤颠倒：横竖，散乱。苍苔：一作"青苔"。绛英：红花，指石榴花。

村　晚①

雷　震②

草满池塘水满陂③，山衔落日浸寒漪④。

牧童归去横牛背，短笛无腔信口吹⑤。

①这首诗描写了优美的乡村景象和牧童晚归的悠闲自在，表现出对隐逸生活的赞美与向往。

②雷震：宋代诗人，生平不详。

③池塘：《宋诗纪事》中作"寒塘"。陂（bēi）：池塘，山坡。

④山衔落日：太阳被山峦遮挡住了一部分，好像山含着太阳一样。衔，含。浸：倒映。寒漪（yī）：指带有寒意的水纹。漪，水纹。

⑤无腔：没有腔调，这里是说随意地吹，不是说跑调。信口吹：随意地吹。

书湖阴先生壁①

王安石

茅檐常扫净无苔②，花木成蹊手自栽③。
一水护田将绿绕④，两山排闼送青来⑤。

【注释】

①这首诗描写了湖阴先生居所的清幽，景色的优美，从而含蓄地赞扬了他高洁的品质。语言清丽、对仗工稳。湖阴先生：即杨德逢，是诗人晚年住在金陵钟山时的朋友。

②茅檐：盖着茅草的房檐。

③蹊（xī）：小路；一作"畦"，指成块的田地。手自栽：亲自栽种。

④护：回护。

⑤排闼（tà）：推门。

乌衣巷①

刘禹锡

朱雀桥边野草花②，乌衣巷口夕阳斜。
旧时王谢堂前燕③，飞入寻常百姓家④。

【注释】

①这是刘禹锡《金陵五题》的第二首。诗人通过对夕阳野草、燕子飞入百姓家的描写，暗示了人世的变迁，寄托了诗人对世事沧桑变化的无限感慨。乌衣巷：在今江苏南京东南秦淮河南岸，三国时这里曾是东吴的军营，因士兵穿黑衣，所以名叫乌衣巷。东晋时曾是王导、谢安家族的所在，一说因为王谢子弟多穿黑衣服，所以叫乌衣巷。

②朱雀桥：秦淮河上桥名，离乌衣巷很近，在六朝时是市中心通往乌衣巷的必经之路。

③旧时：从前。王谢：东晋宰相王导、谢安家族是当时最大的豪门世家。

④寻常：平常，普通。

送元二使安西①

王　维②

渭城朝雨浥轻尘③，客舍青青柳色新④。
劝君更尽一杯酒⑤，西出阳关无故人⑥。

①诗题一作《赠别》，又名《阳关三叠》《渭城曲》。这是一首送别诗。诗歌的前两句交代时间、地点、环境，营造出浓郁的抒情气氛。后两句直抒胸臆，表达了友谊之深、离别之苦。既有对朋友的勉励，又不乏体贴之情。元二：诗人友人，姓元，排行老二，具体事迹不详。使：出使。安西：唐代安西都护府，治所在今新疆库车附近。

②王维（约701—761）：字摩诘，盛唐诗坛上极负盛名的诗人，因官至尚书右丞，所以人称王右丞。王维能诗善画，苏轼评价他的作品"诗中有画，画中有诗"。

③渭城：秦咸阳城汉时改称渭城，在今陕西西安西北，由西安到安西途经渭城。浥（yì）：沾湿。轻尘：地上的浮土。

④客舍：旅舍。柳色新：古人送别时要折柳相送，因为柳与"留"谐音，有惜别之意。

⑤更：再。尽：喝干。

⑥阳关：故址在今甘肃敦煌西南，玉门关之南，是古代通往西域的交通要道。

题北榭碑①

李 白

一为迁客去长沙②，西望长安不见家。
黄鹤楼中吹玉笛③，江城五月落梅花④。

【注释】

①诗题一作《与史郎中钦听黄鹤楼上吹笛》，又作《黄鹤楼闻笛》。这首诗是李白因永王李璘事件被流放夜郎途经武昌时登黄鹤楼所作。诗人以贾谊自比，表现了被贬后内心的悲怆、凄凉与惆怅，抒发对朝廷的眷恋和对国事的关切。史郎中钦：郎中史钦，事迹不详。北榭碑：楼上有台叫

榭，黄鹤楼四面都有台榭。

②一为：一旦成为。迁客：被贬谪的人。迁，贬谪，放逐。去长沙：暗用西汉贾谊典故，贾谊被人诬陷，贬官长沙，诗人以此自喻。

③黄鹤楼：楼名，在今武昌。

④江城：鄂州，今湖北武昌。落梅花：古曲名，这里有双关之意，也可理解为《梅花落》笛曲使人听了凛然生寒意，似乎五月的江城落满了梅花。

题淮南寺①

程 颢

南去北来休便休②，白蘋吹尽楚江秋③。

道人不是悲秋客④，一任晚山相对愁⑤。

【注释】

①这首诗中，诗人自许为道人，抒发了自己不因秋残而忧愁，表现了诗人不为物役、旷达自持的精神。淮南：宋代设淮南道，治所在扬州（今扬州市），淮南寺应当在这附近。

②休便休：想休息就休息，表现出了诗人闲适自得的情态。

③白蘋：即白萍，浮生于水面的萍草，初秋开白花。楚江：长江。

④道人：诗人自称。悲秋客：为秋而伤感的人。

⑤一任：任凭。愁：秋色自悲自愁，这是拟人的手法。

秋　月①

朱　熹

清溪流过碧山头②，空水澄鲜一色秋③。

隔断红尘三十里④，白云黄叶共悠悠⑤。

【注释】

①这首诗是《入瑞岩道间得四绝句呈彦集、充父二兄弟》的第三首。诗中描写了月光掩映下的山涧清溪，展现出一幅空灵、幽静的月夜秋景图，表现诗人超脱凡俗的人生境界。

②碧山头：碧绿的山头。

③空水：清澈透明的水。澄鲜：明净清亮。

④红尘：世俗之处。

⑤黄叶：落叶。一作"红叶"。悠悠：悠远，自由。

立　秋①

刘　翰②

乳鸦啼散玉屏空③，一枕新凉一扇风。

睡起秋声无觅处④，满阶梧叶月明中⑤。

【注释】

①立秋是二十四节气之一，我国传统上把立秋作为秋天的开始。这首

诗用秋风、秋声、秋叶，营造出一个清丽的意境，细腻地描绘了秋空、新凉、梧桐叶落等自然景物，写出了诗人对节令变化的感受。

②刘翰：字武子，长沙（今属湖南）人。

③乳鸦：小乌鸦。散：散去，消失。玉屏：原意为玉做的屏风或玉色的屏风，这里用来比喻夜空，形容夜色空明，月光皎洁如玉。

④秋声：秋风的萧瑟之声。

⑤梧叶：梧桐叶。

秋 夕^①

杜 牧

银烛秋光冷画屏^②，轻罗小扇扑流萤^③。
天阶夜色凉如水^④，卧看牵牛织女星^⑤。

【注释】

①诗题一作《七夕》，又作《秋夜宫词》。此诗中的吟咏者一说是宫女，一说是闺中少妇。诗中描写在牛郎织女团聚的时刻，女子独居空房的孤寂和凄凉。

②银烛：白蜡烛。一作"红烛"。秋光：秋色。画屏：绘有图画的屏风。

③轻罗小扇：用又轻又薄的绢绸做的小团扇。流萤：飞动的萤火虫。

④天阶：宫中的台阶。

⑤卧看：一作"坐看"。

中秋月①

苏 轼

暮云收尽溢清寒②，银汉无声转玉盘③。
此生此夜不长好④，明月明年何处看。

【注释】

①这首诗是苏轼任徐州知州时所作，当时他的弟弟苏辙也在徐州，两人共赏月色。在中秋之夜，诗人思绪飞扬，吟咏皎洁美好的秋月，感叹韶华易逝，表达了对生活的热爱。中秋：农历八月十五。
②溢：满而散发出。清寒：清凉皎洁。
③银汉：天河，银河。玉盘：用来比喻月亮。
④不长好：不长久。

题临安邸①

林 升②

山外青山楼外楼③，西湖歌舞几时休④。
暖风熏得游人醉⑤，直把杭州作汴州⑥。

【注释】

①这是一首政治讽刺诗，写在临安城一家旅店的墙壁上。诗歌讽刺了南宋统治阶层早已把恢复大业的事情抛到九霄云外，只知享乐，过着醉生

梦死的生活。临安：南宋都城，在浙江省杭州市。邸（dǐ）：客栈。

②林升：字梦屏，平阳（今属浙江）人。大约生活在南宋孝宗朝（1163—1189年），是一位擅长诗文的士人。

③山外青山楼外楼：这句诗写了临安城的湖光山色，风景秀丽，都市繁华。山外青山，青山之外还有青山，说明临安山多。楼外楼，楼外还有楼，说明临安楼多。

④西湖歌舞几时休：写达官贵人歌舞升平。几时，何时。休，停止。

⑤熏：熏染。

⑥直：简直。汴州：北宋京城，在今河南开封市附近。

晓出净慈寺送林子方①

杨万里

毕竟西湖六月中②，风光不与四时同③。
接天莲叶无穷碧④，映日荷花别样红⑤。

【注释】

①这是一首描写西湖美景的千古绝句。诗人用明丽的语言描绘了六月西湖的优美风光，表现了对西湖风光的喜爱之情。净慈寺：原名净慈报恩光孝禅寺，位于西湖边上，与灵隐寺同为西湖两大名寺。林子方：林枅，莆田人。

②毕竟：到底。

③四时：四季，这里泛指夏季以外的春、秋、冬三季。

④接天莲叶：用夸张的手法极力写西湖荷花种植面积大，远远地与天相连。无穷碧：也是用夸张的手法极力描绘六月西湖荷叶的碧绿。

⑤别样：分外，格外。

饮湖上初晴后雨^①

苏 轼

水光潋滟晴方好^②，山色空蒙雨亦奇^③。
欲把西湖比西子^④，淡妆浓抹总相宜^⑤。

【注释】

①这首诗对西湖的美景做了全面的评价。原诗共两首，本诗是第二首。诗人描写了西湖的湖光山色和晴天雨天的不同姿态，用西子比喻西湖，空灵脱俗。湖：西湖。

②潋滟（liàn yàn）：波光闪耀的样子。

③空蒙：烟雨迷蒙。奇：奇妙。

④西子：西施，中国古代四大美女之一。因为这首诗，后世把西湖称为西子湖。

⑤淡妆浓抹：用西施的妆容比喻西湖晴天雨天的不同姿态。相宜：相称，合适。

入 直^①

周必大^②

绿槐夹道集昏鸦^③，敕使传宣坐赐茶^④。
归到玉堂清不寐^⑤，月钩初上紫薇花^⑥。

①诗题一作《入直召对宣德殿，赐茶而退》。诗人描写臣子得到皇上的召见后心情激动，久久不能入睡的情形。入直：即入值，进宫值班供职，这里指入宫供奉。召对：被帝王召去询问国事。

②周必大（1126—1204）：南宋文学家。字子充，一字洪道，号省斋居士，晚号平园老叟，庐陵（吉安县永和）人。他的诗善于状物，清新淡雅。书法"浑厚刚劲，自成一体"。"周必大刻本"历来被奉为私家刻书的典范。

③集：聚集。昏鸦：黄昏归巢的乌鸦。

④敕（chì）使：传达皇帝命令的使者。传宣：传令宣诏。坐：因为，也可理解为坐着喝茶。

⑤玉堂：翰林院。清不寐：神清气爽，也可理解为夜色清明不能入睡。

⑥月钩：残月。初上：一作"初照"。紫薇：落叶乔木，花紫红色，又名百日红，古代中书省常栽这种花。

直玉堂作①

洪咨夔②

禁门深锁寂无哗③，浓墨淋漓两相麻④。
唱彻五更天未晓⑤，一墀月浸紫薇花⑥。

【注释】

①诗题一作《六月十六日宣锁》，又作《禁锁》。这首诗描写的是诗人在翰林院值夜班时的情景，流露出诗人春风得意、踌躇满志的神情。直：入值，入宫值班。

②洪咨夔（kuí，1176—1236）：字舜俞，号平斋，临安于潜（今浙江临安）人。洪咨夔一生酷爱读书，不仅著作较多，而且藏书非常丰富。

据载藏书有一万三千卷，藏于天目山宝福寺闻覆阁。

③禁门：宫门。寂无哗：寂静，无人声喧哗。

④两相麻：两份任命丞相的诏书，南宋设左右丞相，拜相前授意翰林院用黄麻纸起草诏令。

⑤唱彻五更：指鸡人已报过五更。古时宫中设有鸡人，专司报更。唱彻，唱到。

⑥墀（chí）：宫殿前的台阶。

竹　楼①

李嘉祐②

傲吏身闲笑五侯③，西江取竹起高楼④。

南风不用蒲葵扇⑤，纱帽闲眠对水鸥⑥。

【注释】

①诗题一作《寄王舍人竹楼》。这首诗以竹林为线索，描写了一个不求闻达、啸傲权豪的官吏的清闲安适的生活，表达了对其人格的钦慕与赞赏。

②李嘉祐（？—约779）：字从一，赵州（今属河北）人。

③傲吏：恃才傲物的清闲官吏。

④西江：泛指江西一带。

⑤蒲葵扇：用蒲葵做成的扇子。蒲葵，一种常绿乔木，叶子可以用来制作扇子。

⑥纱帽：古代君王或官员戴的一种帽子，从明代开始定为文武官员日常礼服，后泛指官帽。也有人理解为夏季的凉帽。闲：搁置。

直中书省^①

白居易^②

丝纶阁下文章静^③，钟鼓楼中刻漏长^④。

独坐黄昏谁是伴，紫薇花对紫薇郎^⑤。

【注释】

①诗题一作《紫薇花》。作这首诗时，白居易任中书舍人，入值中书省。诗中描写的是诗人在中书省当值夜班时的情景，反映出诗人忧国忧民，以国事为重的高尚品质。中书省：官署名，唐代与尚书、门下同为中央行政机关。

②白居易（772—846）：唐朝著名诗人，字乐天，太原（今属山西）人，后迁居下邽（今陕西渭南东北）。晚居洛阳，自号醉吟先生、香山居士。又曾官居太子少傅，后人因称他白傅。他的诗歌境界开阔，倾向鲜明，重讽喻，诗意直白，为中唐大家，对后世影响很大。

③丝纶阁：中书省，是帝王颁发诏书的地方。丝纶，帝王的诏书。

④钟鼓楼：专门报时辰的楼，常以敲钟、击鼓为号，故称钟鼓楼。刻漏：古代以铜壶滴漏计时，依据漏壶中标尺的刻度来判断时间，这里泛指时间。

⑤紫薇郎：唐代称中书省为紫薇省，中书令为紫薇令，中书侍郎为紫薇侍郎，白居易任中书舍人，所以自称紫薇郎。

观书有感①

朱　熹

半亩方塘一鉴开②，天光云影共徘徊③。
问渠那得清如许④，为有源头活水来⑤。

【注释】

①这首诗以半亩方塘做比喻，抒发读书时茅塞顿开的喜悦，说明只有多读书，根植深厚，才能境界开阔。这首诗写得生动形象、深入浅出、富有理趣。

②鉴：镜子。开：打开。

③共：一起。徘徊：来回移动。

④渠：第三人称代词，它，指池塘。那得：怎么能够。那，通"哪"。清如许：如此清澈。

⑤为：因为。活水：流动的水。

泛　舟①

朱　熹

昨夜江边春水生，艨艟巨舰一毛轻②。
向来枉费推移力③，此日中流自在行④。

【注释】

①这首诗是《观书有感二首》中的第二首。诗中以泛舟做比喻，说明做事情一定要遵循客观规律，客观条件达到了，就会事半功倍，一气呵成；做学问也要厚积薄发，功到自然成。泛舟：小舟在水面上漂浮行走。

②艨艟（méng chōng）：古代的一种战船。巨舰：巨大的船只。一毛轻：像一支羽毛一样轻。

③向来：一向，历来。枉费：徒费，白费。

④中流：河流之中。自在：悠闲自在。

冬 景①

苏 轼

荷尽已无擎雨盖②，菊残犹有傲霜枝③。
一年好景君须记④，最是橙黄橘绿时⑤。

【注释】

①诗题一作《赠刘景文》。刘景文：刘季孙，河南祥符（今河南开封境内）人，苏轼任杭州知州时他任两浙兵马都监，与苏轼有诗酒往来，交往很深。这首诗用败荷、残菊等景物描述了秋去冬来的季节变化，将萧瑟的景物写得富有生机，同时借物喻人，赞颂刘景文的品格与节操，表现了诗人旷达乐观的性情和胸襟。

②擎（qíng）雨盖：指荷叶。擎，举。

③菊残：秋菊已经凋谢。傲霜枝：耐得住严寒的枝条。

④君：您。须：应该。

⑤最是：正是。橙黄橘绿：指秋季，橙橘成熟于秋天。

枫桥夜泊①

张　继②

月落乌啼霜满天③，江枫渔火对愁眠④。
姑苏城外寒山寺⑤，夜半钟声到客船。

【注释】

①诗题一作《夜泊枫江》。这首诗写于诗人客居苏州时。诗歌从江边晚景入手生动地写出了诗人夜泊枫桥的见闻感受，绘制了一幅凄清的秋夜羁旅图。月、乌鸦、霜、枫树、渔火本来是诗歌中常见的词语，诗人将它们组合在一起，营造了一种凄冷哀愁的氛围，写出游子的羁旅之思。枫桥：在今江苏省苏州市阊门外。

②张继：唐代诗人，字懿孙。襄州（今湖北襄樊）人。张继现存约40首诗，主要是纪行游览、酬赠送别之作，多为五七言律诗及七言绝句。语言明白自然，不尚雕饰。

③乌啼：乌鸦啼叫。

④江枫：江边的枫树。对愁眠：怀着忧愁睡觉。

⑤姑苏：苏州的别称，因苏州城外有姑苏山而得名。寒山寺：位于苏州城西十里的枫桥镇，创建于梁代天监年间，初名"妙利普明寺院"。相传唐代诗僧寒山子曾任主持，遂改名寒山寺。

寒 夜①

杜 耒②

寒夜客来茶当酒③，竹炉汤沸火初红。
寻常一样窗前月④，才有梅花便不同。

【注释】

①这首诗描写了诗人在寒冬夜晚招待客人的情景。故人来访，温茶沸汤，红红的炉火，这些都给人以温暖，三四句用比喻的手法写诗人内心的欣喜。

②杜耒（？—1227）：字子野，号小山，南城（今属江西）人。

③茶当酒：以茶当酒，招待客人。

④寻常：平常。

霜 夜①

李商隐②

初闻征雁已无蝉③，百尺楼台水接天④。
青女素娥俱耐冷⑤，月中霜里斗婵娟⑥。

【注释】

①这首诗用绮丽独特的语言写临水高楼上所观赏到的霜月交辉的夜景，将普通人眼里的凄清萧瑟的秋夜写得生意盎然，赞扬经得起风霜磨难

的精神。

②李商隐（约813—约858）：字义山，号玉溪生，又号樊南生，晚唐著名诗人。他的诗歌独辟蹊径，开拓出寄情深婉的新境界，深深影响了晚唐和宋初西昆体诗人及清代的一些诗人。

③征雁：远飞的雁，这里指南飞的雁。已无蝉：已经听不到蝉声了。

④百尺楼台：泛指高楼。

⑤青女：神话传说中的霜神。素娥：嫦娥。俱：都。

⑥斗婵娟：争奇斗艳。婵娟，美好的姿态。

梅①

王 淇②

不受尘埃半点侵③，竹篱茅舍自甘心④。
只因误识林和靖⑤，惹得诗人说到今⑥。

【注释】

①这是一首咏物言志诗，诗人用自然之美来比照人格之美。诗中用幽默的语言，拟人的手法，通过写梅花结识林逋却因引人注目而懊悔，赞颂梅花一尘不染的高洁品质和安贫乐道的精神。

②王淇：北宋诗人，生平不详。

③侵：沾染，污染。

④甘心：快意，安于现状。

⑤误识：错误地结识。林和靖：林逋，字君复，谥号和靖先生，北宋诗人，钱塘人，隐居西湖孤山，终身不仕，终身不娶，种梅花养仙鹤为伴，人称"梅妻鹤子"。

⑥说：评论。

雪 梅①

其一

卢梅坡②

梅雪争春末肯降③，骚人阁笔费评章④。

梅须逊雪三分白⑤，雪却输梅一段香。

【注释】

①诗题一作《梅花》，是一首富有哲理情趣的诗歌。诗中用生动活泼的语言写梅、雪争春的事实，而诗人费了好大工夫才发现二者各有千秋，借此写出诗人赏梅、赏雪的雅兴。

②卢梅坡：南宋诗人，生平不详。

③争春：竞春，争夺春色。降：降伏，认输。

④骚人：诗人。阁笔：意为诗人自愧文采浅薄，无力表达梅、雪风韵，不敢妄自动笔。阁，同"搁"，放下。评章：评论、判断。

⑤须：本来。逊：差，不如。

雪 梅①

其二

卢梅坡

有梅无雪不精神②，有雪无诗俗了人③。

日暮诗成天又雪④，与梅并作十分春⑤。

【注释】

①这首诗是对前一首的进一步发挥。诗人把梅、雪、诗同时引入诗歌。写梅、雪在审美境界上互相依存，谁也离不开谁，而真正的雅兴却在于梅、雪并存而且能够吟诗。梅花开放时，自己的咏梅诗刚写成，天公作美又下雪了，于是诗人感受到了无限春意。

②精神：神采，神韵。

③俗了人：给人一种庸俗的感觉。

④诗成：写成了诗。雪：下雪。

⑤十分春：十足的春色。

答钟弱翁①

牧　童

草铺横野六七里②，笛弄晚风三四声③。

归来饱饭黄昏后，不脱蓑衣卧月明④。

【注释】

①这首诗描绘了牧童牧笛弄晚、夜卧明月的舒适惬意的生活，衬托出宦海浮沉、官场险恶。钟弱翁：名傅，宋朝人，饶州乐平（今江西乐平）人，约生活在北宋末南宋初，因人举荐而做官，后因虚报战功被贬。

②横野：遍野。

③弄：伴弄。

④蓑（suō）衣：稻草或棕叶编制的雨具。卧月明：睡在月光下。

泊秦淮①

杜 牧

烟笼寒水月笼沙②，夜泊秦淮近酒家③。
商女不知亡国恨④，隔江犹唱后庭花⑤。

【注释】

①诗题一作《秦淮夜泊》。这是一首政治讽喻诗。诗中描写月夜在秦淮河看到萧瑟凄清的衰败景象，听到江岸上传来的阵阵靡靡之音，诗人不由得想起了南朝陈的亡国之事，从而对日渐衰落的唐朝充满忧虑。秦淮：河名，在今江苏省南京市，横贯全市流入长江，相传为秦时所开，凿钟山以疏通淮水，所以叫秦淮河。

②烟笼寒水月笼沙：是"烟""月"笼罩在"水"和"沙"上，互文见义的用法。笼，笼罩。

③泊：停船靠岸。

④商女：歌女。亡国恨：南朝国家灭亡的遗恨。

⑤江：秦淮河。犹：还。后庭花：歌曲名，即《玉树后庭花》，为南朝陈后主陈书宝所作，歌词中反映了宫廷糜烂生活。当时有人认为预言了陈朝的灭亡，后人称此曲为亡国之音。

归 雁①

钱 起②

潇湘何事等闲回③，水碧沙明两岸苔④。
二十五弦弹夜月⑤，不胜清怨却飞来⑥。

【注释】

①这是一首写羁旅之愁的咏雁名篇。诗歌用拟人的手法，通过人雁问答，写大雁忍受不了哀怨的琴瑟声，宁愿放弃环境优美、水草肥沃的地方，抒发了诗人宦游他乡的羁旅之思。

②钱起（约712—约782）：字仲文，吴兴（今浙江吴兴）人，是"大历十才子"之一。他的诗歌多是应景献酬之作，较少反映社会现实。绝句闲雅纤丽，含蓄蕴藉。

③潇湘：潇水与湘水在湖南零陵县汇合，称为潇湘。相传大雁南飞到衡阳南的回雁峰就不再南飞，冬天过后飞回北方。何事：何故，为什么。等闲：轻易，随便，随意。

④水碧沙明：指水草丰美。苔：植物名，大雁可以食用。

⑤二十五弦：借代，指瑟，古瑟有五十弦，后改为二十五弦。弹夜月：传说湘水女神娥皇、女英善于弹瑟，其声哀怨凄苦。

⑥不胜：不堪，不能忍受。清怨：凄清幽怨。

卷二 七津

早朝大明宫①

贾 至②

银烛朝天紫陌长③，禁城春色晓苍苍④。

千条弱柳垂青琐⑤，百啭流莺绕建章⑥。

剑佩声随玉墀步⑦，衣冠身惹御炉香⑧。

共沐恩波凤池上⑨，朝朝染翰侍君王⑩。

【注释】

①原题为《早朝大明宫呈两省僚友》，两省指分居大明宫左右的中书、门下省。诗中描写了早朝大明宫时见到的早春景色以及群臣早朝时庄严肃穆的情形，表达了诗人忠于君王的思想感情。早朝：上早朝。大明宫：唐代宫殿名，始建于贞观八年（634年），初名永安宫，次年改称大明宫，后曾称蓬莱宫。

②贾至（718—772）：字幼几，一作幼邻，洛阳人，唐代诗人。他的诗作音调清畅，饱含俊逸之气，格调清雅，语言质朴。

③银烛：银色烛光，一说借喻月光。紫陌：指京师郊野的道路。

④禁城：皇城。苍苍：深青色。

⑤弱柳：嫩柳。青琐：古代宫门上雕刻的连环花纹，常涂成青色，故称青琐，后用来借指宫门。

⑥百啭（zhuǎn）：百般鸣叫。流莺：飞动的黄莺。建章：汉代宫殿名，这里指大明宫。

⑦剑佩声：大臣佩带的宝剑和玉佩在行走时的撞击声。玉墀（chí）：宫中玉砌的台阶。

⑧惹：粘带。御炉：宫中的香炉。香：香味。

⑨沐：沐浴，身受。恩：皇恩。凤池：凤凰池，指中书省。凤凰池是

禁苑中池沼，借指中书省或宰相。

⑩染翰：点染笔墨，指为国家起草诏令。侍：侍奉。

和贾舍人早朝①

杜 甫

五夜漏声催晓箭②，九重春色醉仙桃③。

旌旗日暖龙蛇动④，宫殿风微燕雀高⑤。

朝罢香烟携满袖⑥，诗成珠玉在挥毫⑦。

欲知世掌丝纶美⑧，池上于今有凤毛⑨。

【注释】

①本诗是针对《早朝大明宫呈两省僚友》的和诗，诗中描绘了杜甫早朝时见到的情形，写出了群臣沐浴圣恩的喜悦，赞美了贾至世家风范、人才难得。和：唱和，以诗词酬答。贾舍人：指贾至。舍人，官名，即中书舍人。

②五夜：五更。漏声：漏壶滴水的声音。箭：漏箭，指装在漏壶中标示时间的箭杆状工具。

③九重：皇帝居住之地。醉仙桃：使仙桃像喝醉酒一样变成红色，这里指桃花盛开。

④旌旗：旗帜。龙蛇：旌旗上的图像。

⑤高：高飞。

⑥朝罢：早朝结束。携：沾。

⑦珠玉：珠圆玉润，形容语言婉转流畅。挥毫：挥笔，写作。

⑧世掌：世代掌管，贾至及其父贾曾都担任过中书舍人，掌管拟诏敕，故称"世掌"。丝纶：皇帝的诏书。

⑨池：凤凰池，即中书省。凤毛：指凤毛麟角。凤凰的羽毛、麒麟的角都是罕见珍贵的东西，比喻稀少而珍贵的人或物。后人常用来比喻人

才不可多得。

和贾舍人早朝①

王 维

绛帻鸡人报晓筹②，尚衣方进翠云裘③。
九天阊阖开宫殿④，万国衣冠拜冕旒⑤。
日色才临仙掌动⑥，香烟欲傍衮龙浮⑦。
朝罢须裁五色诏⑧，珮声归到凤池头⑨。

【注释】

①这首诗也是针对《早朝大明宫呈两省僚友》的和诗。诗歌运用细节描写和场景渲染，写出大明宫早朝时庄严的气氛与帝王的威仪，极力称赞贾至得到朝廷的器重。

②绛帻（jiàng zé）：红色头巾。鸡人：周朝官名，后来指宫中报更人，戴红色头巾。晓筹：早更。筹，计时器。

③尚衣：尚衣局，属殿内省，掌管帝王衣服。翠云裘：绿色皮衣。

④九天：天的最高处，此处指帝王住所，宫禁。阊阖（chāng hé）：传说中的天门，这里指宫门。

⑤万国衣冠：指各国使臣。衣冠，官员的穿戴，这里指官员。冕旒（miǎn liú）：皇帝所戴的礼冠。冕，帝王的礼帽，旒是冕前后所挂的串珠，共十二串。冕旒在这里借指皇帝。

⑥日色：借喻，指皇帝。仙掌：皇帝专用的掌扇，又叫障扇，多用野鸡尾来装饰。

⑦傍：依，靠近。衮（gǔn）龙：龙袍上的龙形图案。浮：浮动。

⑧裁：起草。五色诏：用五色纸书写的诏书。

⑨珮（pèi）声：身上珮玉因走动发出的声音。

和贾舍人早朝①

岑　参②

鸡鸣紫陌曙光寒③，莺啭皇州春色阑④。

金阙晓钟开万户⑤，玉阶仙仗拥千官⑥。

花迎剑佩星初落⑦，柳拂旌旗露未干。

独有凤凰池上客⑧，阳春一曲和皆难⑨。

【注释】

①这首诗也是《早朝大明宫呈两省僚友》的和诗。诗中以写景为主，寓情于景，用景物的灿烂来衬托早朝的隆盛。

②岑参（约715—770）：唐代诗人。原籍南阳（今属河南南阳），迁居江陵（今属湖北）。岑参曾两次出塞，写下了大量的边塞诗。

③紫陌：指京师郊野的道路。曙光寒：黎明破晓前尚有寒意。

④皇州：帝都，指长安。阑（lán）：尽。

⑤金阙（què）：宫殿，这里指大明宫。开万户：万户开。

⑥仙仗：仙人的仪仗队，此处指皇帝的仪仗。

⑦剑佩：佩剑及玉石等饰物。星初落：繁星刚逝，天刚亮。

⑧凤凰池：也称凤池，指中书省。

⑨阳春：古代楚国歌曲名，是一种高雅的乐曲，《阳春》《白雪》是高雅音乐的代名词。这里指贾至的诗。和：唱和。

上元应制①

蔡　襄②

高列千峰宝炬森③，端门方喜翠华临④。

宸游不为三元夜⑤，乐事还同万众心⑥。

天上清光留此夕⑦，人间和气阁春阴⑧。

要知尽庆华封祝⑨，四十余年惠爱深⑩。

【注释】

①这是一首应制诗。诗中描绘了盛世上元节灯会的宏大场面与热闹非凡，盛赞皇帝与民同乐，表达了对帝王的感恩和祝福。上元：农历正月十五为上元节，又称元宵节。应制：奉帝王之命作诗。

②蔡襄（1012—1067）：字君谟，兴化仙游（今属福建）人，北宋诗人，书法家。他与苏轼、黄庭坚、米芾并称"宋四家"。

③高：一作"叠"。千峰：灯山峰峦多。宝炬：宝灯。森：林立。

④端门：宫殿的正门，即午门。喜：一作"伫"。翠华：皇帝后面的障扇，借指皇帝的仪仗。临：驾临。

⑤宸（chén）游：帝王巡游。三元：指农历正月十五（上元）、七月十五（中元）、十月十五（下元），这里指上元夜。

⑥乐事：欢乐的事。同万众心：帝王与民众同心。

⑦天上清光：夜空清澄明朗。

⑧和气：祥气，瑞气。阁：同"搁"，留。春阴：春夜。

⑨华封祝：即华封三祝，尧到华州，华州封人（守边疆的人）祝他长寿、富有、多子。

⑩四十余年：嘉祐八年，宋仁宗赵祯已经在位四十年。爱：一作"化"。

上元应制①

王　珪②

雪消华月满仙台③，万烛当楼宝扇开④。

双凤云中扶辇下⑤，六鳌海上驾山来⑥。

镐京春酒沾周宴⑦，汾水秋风陋汉才⑧。

一曲升平人共乐⑨，君王又尽紫霞杯⑩。

【注释】

①此诗原题《依韵恭和御制上元观灯》，是皇帝《上元观灯》的和诗。诗歌极力描绘上元夜皇帝观灯时的情景和观灯归来赐宴群臣以及群臣竞相向皇帝祝寿的场面，表达了诗人祝福宋朝也要像周一样国运昌盛。

②王珪（1019—1085）：北宋诗人，字禹玉，华阳（今四川省成都）人。

③华月：明亮的月光。仙台：宫中的楼台。

④烛：指烛光。当楼：对着楼台。宝扇：障扇，皇帝的仪仗。

⑤双凤：服侍皇帝的两个宫女。云中：天上。此处是比喻。辇（niǎn）：帝王乘坐的车子。

⑥六鳌（áo）：据《庄子》记载，海上有三座仙山，下面有六只鳌驮着，这里是说灯景鳌山是仙山。

⑦镐京：镐（今西安）为西周国都，这里指北宋都城。同样，说宴赏是周宴也是将宋比作周。

⑧汾水秋风：汉武帝巡游汾水，赐宴群臣，并赋《秋风辞》。陋汉才：汉武帝君臣才能浅陋，比不上今日盛会。

⑨升平：太平，也可解作《万岁升平》曲，宋代教坊歌曲之一，教坊都知李德昇作，是歌颂天下太平的曲子。共：一作"尽"。

⑩尽：饮尽。尽，一作"进"。紫霞杯：酒杯名，这里借代指酒。

侍　宴①

皇家贵主好神仙③，别业初开云汉边④。

山出尽如鸣凤岭⑤，池成不让饮龙川⑥。

妆楼翠幌教春住⑦，舞阁金铺借日悬⑧。

敬从乘舆来此地⑨，称觞献寿乐钧天⑩。

【注释】

①诗题一作《侍宴安乐公主新宅应制》，是诗人跟随唐中宗一起游览安乐公主的新府邸时应景而作的诗。这首诗运用了夸张、铺陈的手法，突出了安乐公主新宅的奢华富贵以及皇恩浩荡。

②沈佺期（约656—713）：唐代诗人，字云卿，相州内黄（今属河南内黄）人。沈佺期的诗多宫廷应制之作，内容空洞，形式华丽。但他在流放期间的一些作品，大多抒写凄凉的境遇，情调凄苦，感情真实。他还创制七律，被誉为初唐七律之冠。他与宋之问齐名，并称"沈宋"。他们的近体诗格律谨严精密，史论认为他是律诗体制定型的代表诗人。

③贵主：安乐公主，唐中宗的女儿，韦后所生，她卖官鬻爵，干预朝政，后被玄宗所杀。好神仙：爱好神仙。

④别业：别墅。初开：刚建成。云汉边：云霄中，形容楼阁高大雄伟，直冲云霄。

⑤山：指假山。鸣凤岭：岐山，今陕西省岐山县东北，相传周朝兴起时，有凤凰在岐山鸣叫，所以得名。

⑥不让：不弱于，不差于。饮龙川：沂水，源出今山东沂水县，经江苏邳县流入泗水。

⑦妆楼：梳妆楼。翠幌：绿色的帘幕。教春住：使春天停住，指四

季如春。

⑧舞阁：专供舞蹈用的台阁。金铺：门环上的黄金装饰。借日悬：像红日悬在上面。

⑨乘舆：天子车驾。

⑩称觞（shāng）：举起酒杯。献寿：敬酒祝寿。钧天：古代传说中天的中央。也指神话中天上的音乐。

答丁元珍①

欧阳修②

春风疑不到天涯③，二月山城未见花。

残雪压枝犹有橘④，冻雷惊笋欲抽芽⑤。

夜闻啼雁生乡思，病入新年感物华⑥。

曾是洛阳花下客⑦，野芳虽晚不须嗟⑧。

【注释】

①诗题一作《戏答元珍》。这首诗写于宋仁宗景祐四年（1037年），欧阳修被贬为峡州夷陵（今湖北武昌）县令，好友丁元珍作《花时久雨》诗赠他，欧阳修遂以此诗赠答。诗歌借山城春天迟迟不归寄予了被贬后的苦闷、失意和对故乡的思念，同时也暗含诗人对未来的信心，表达了自我宽慰之情。丁元珍：丁宝臣，字元珍。

②欧阳修（1007—1072）：字永叔，号醉翁、六一居士，谥文忠。北宋著名政治家、文学家、史学家，唐宋八大家之一。欧阳修提倡平实的文风，对北宋文风的转变起了关键作用。他的散文说理畅达，抒情委婉；诗语言流畅自然；词婉丽，承袭南唐风格。

③春风疑不到天涯：即"疑春风不到天涯"，怀疑春风的来临。天涯，天边，这里指地处边远的峡州。

④残雪：尚未融化的雪。犹：尚，还。

⑤冻雷：早春的雷。抽芽：发芽。

⑥病入新年：拖着病体进入新年。感：心生感慨。物华：美好的景物。

⑦洛阳花下客：诗人自称。

⑧野芳：野花。嗟（jiē）：叹息。

插花吟①

邵　雍②

头上花枝照酒卮③，酒卮中有好花枝。

身经两世太平日④，眼见四朝全盛时⑤。

况复筋骸粗康健⑥，那堪时节正芳菲⑦。

酒涵花影红光溜⑧，争忍花前不醉归⑨。

【注释】

①古人男女老幼都有在头上戴花的习惯，这首诗是诗人插花饮酒时所作。诗中通过写诗人头戴花枝、赏春畅饮，生动地刻画了一位长者万事顺心、身体康泰的形象。插花：古时男子有发髻，鬓边也插花。吟：歌。

②邵雍（1011—1077），字尧夫，北宋文人，著名道学家。祖籍范阳，其父徙衡漳，又迁共城（今河南辉县），隐居苏门百源上，故后世又称其为"百源先生"。邵雍甘于淡泊，乐于饮酒著述，代表了古代许多正直的知识分子形象。

③卮（zhī）：古代的一种酒器。

④两世：古时称三十年为一世，诗人已经年过六十，所以称两世。

⑤四朝：诗人经历真宗、仁宗、英宗、神宗四朝。

⑥况复：何况又。筋骸（hái）：筋骨，身体。粗：大致。

⑦那堪：又加上。芳菲：本指花草的美好，这里指一切事物的美好。

⑧涵：浸。溜：浮动。

⑨争忍：怎忍。

寓　意①

晏　殊②

油壁香车不再逢③，峡云无迹任西东④。

梨花院落溶溶月⑤，柳絮池塘淡淡风⑥。

几日寂寥伤酒后⑦，一番萧瑟禁烟中⑧。

鱼书欲寄何由达⑨，水远山长处处同⑩。

【注释】

①诗题一作《无题》。诗人选取梨花、明月、柳絮、池塘、清风等典型景物，写出对一位女子的苦苦思念以及无法联系的怅然。一说是诗人借情事抒发求贤若渴的心情。寓意：借其他事物寄托本意。

②晏殊（991—1055）：字同叔，抚州临川（今江西）人。晏殊才高学富，识见不凡，深知治国之策。范仲淹、孔道辅、韩琦、富弼、宋庠、宋祁、欧阳修、王安石等均出其门下。晏殊能诗，善词，文章清丽，骈文、书法都很擅长。尤其擅长小令，语言婉丽。

③油壁：即油壁车，一种车壁、车帷用油涂饰的华贵车子。这里指美人乘坐的华贵车子。香车：用香木做的车。泛指华美的车或轿。

④峡云：巫峡上空的云，暗用楚襄王梦中与巫山神女相会的典故，这里指所思念的女子。

⑤梨花院落：开满梨花的院子。溶溶月：月光如水一样明净、皎洁、柔和。

⑥柳絮池塘：飘着柳絮的池塘。淡淡风：风轻轻地吹着。

⑦寂寥：寂寞。伤酒：饮酒过度所导致的病。

⑧萧瑟：萧条，冷落。禁烟：即禁火，寒食禁火。

⑨鱼书：旧时称书信为鱼书。何由达：怎么能够寄到。

⑩水远山长：形容路途遥远。

寒食书事①

赵　鼎②

寂寂柴门村落里③，也教插柳纪年华④。

禁烟不到粤人国⑤，上冢亦携庞老家⑥。

汉寝唐陵无麦饭⑦，山溪野径有梨花。

一樽竟藉青苔卧⑧，莫管城头奏暮笳⑨。

【注释】

①这首诗是诗人贬官越地适逢清明而作。诗中描绘了岭南民间和平宁静、充满温馨的生活，反衬汉唐皇室陵寝的荒凉，抒发了对世事无常的慨叹。书事：记事。

②赵鼎（1085—1147）：字元镇，解州闻喜（今山西）人，自号得全居士。

③寂寂：清静冷落的样子。柴门：农家的篱笆门。

④也教：也懂得。插柳：古代寒食节有在门上插柳的习俗。纪年华：门上插柳，表明又一个寒食节来到了。纪，记，标记。

⑤不到：没有到达。粤人国：今广东、广西一带。

⑥上冢：上坟祭扫。冢，坟。庞老：指东汉末隐居在湖北襄阳鹿门山上的庞德，刘表几次邀请他出山都不肯，后来清明节携全家上坟祭扫，然后到龙门山采药不返。这里是说，这儿的清明节，人们也像庞德一样携全家祭扫坟墓。

⑦汉寝唐陵：即汉唐寝陵，汉朝和唐朝帝王的陵墓。寝，古代帝王陵墓上的正殿，是祭祀的处所。麦饭：磨碎的麦煮成的饭，这里指粗糙的祭品。

⑧一樽：一杯酒。竟：竟然。藉：凭借，靠着。

⑨莫：不要。暮笳：傍晚的笳声。笳，我国古代的一种管乐器。

清　明①

黄庭坚

佳节清明桃李笑②，野田荒冢只生愁③。

雷惊天地龙蛇蛰④，雨足郊原草木柔⑤。

人乞祭余骄妾妇⑥，士甘焚死不公侯⑦。

贤愚千载知谁是⑧，满眼蓬蒿共一丘⑨。

【注释】

①这首诗构思独特，每联都用对比手法，跌宕起伏。诗中描绘了寒食景色，并借典故抒发了郁郁不平之情，表现了对人生丑恶的鞭挞，对社会不平的愤激。

②桃李笑：桃李开放，拟人的手法。

③荒冢：荒凉的坟墓。

④龙蛇蛰：龙蛇起动。蛰，本指动物冬眠不食不动，这里当发蛰、起蛰讲。

⑤郊原：郊外，野外。柔：嫩。

⑥人乞祭余：形容困窘或者为牟利不择手段。

⑦士甘焚死：运用介之推的典故。不公侯：不做官。

⑧是：对、正确。

⑨蓬蒿：野草。共一丘：同在一块土丘上。

清明①

高翥②

南北山头多墓田③，清明祭扫各纷然④。

纸灰飞作白蝴蝶⑤，泪血染成红杜鹃⑥。

日落狐狸眠冢上，夜归儿女笑灯前。

人生有酒须当醉⑦，一滴何曾到九泉⑧。

【注释】

①这首诗以清明为题材，立意新巧，匠心独运。诗人用对比的手法，展现出清明节扫墓前后迥然不同的景象，抒发了世事皆空、人情冷暖，不如及时行乐的思想。

②高翥（zhù，1170—1241）：原名公弼，字九万，号菊涧，余姚（今属浙江）人。高翥的诗有民歌风格，擅长以平易自然之句写出寻常不经意之景色，平易雅淡，脍炙人口。

③墓田：坟地。

④祭扫：祭祖扫墓。纷然：纷纷，一群群，众多的样子。

⑤纸灰：古人用纸做成钱状，扫墓时烧化作死人的资财，纸灰被风一吹，像蝴蝶一样。

⑥泪血染成红杜鹃：用杜鹃啼血的典故。

⑦须当：应当。

⑧到：流到。九泉：人死后的去处。古人相信人死了魂归地下，其地为九泉，又称黄泉。

郊行即事①

程　颢

芳原绿野恣行时②，春入遥山碧四围③。

兴逐乱红穿柳巷④，困临流水坐苔矶⑤。

莫辞盏酒十分劝⑥，只恐风花一片飞。

况是清明好天气，不妨游衍莫忘归⑦。

【注释】

①这首诗是诗人春游郊外有感而作。诗中描绘了花红柳绿的景色，抒发了诗人郊游时的畅快心情，表现了诗人对大自然的热爱之情和惜春之情。

②恣（zì）行：尽情行走。

③遥山：远山。碧四围：绿满四野。

④兴：高兴时，游性浓时。逐：追逐。乱红：杂乱的花，这里可理解为繁多的花，古人常用乱表示多的意思。

⑤困：与"兴"对举，困乏时。临：面对。苔矶：长有青苔的石头。矶，水边突出的石头。

⑥莫辞：不要推辞。十分劝：形容劝酒的殷切之情。

⑦游衍：恣意游逛。

秋 千①

释惠洪②

画架双裁翠络偏③，佳人春戏小楼前④。

飘扬血色裙拖地⑤，断送玉容人上天⑥。

花板润沾红杏雨⑦，彩绳斜挂绿杨烟⑧。

下来闲处从容立⑨，疑是蟾宫谪降仙⑩。

【注释】

①这首诗描绘的是秋千架上佳人的风姿神韵。诗中描绘了佳人华美的秋千、衣着饰物以及优美的环境，盛赞女子美貌，用语绮丽，写出了荡秋千的乐趣。

②惠洪（1071—1128）：字觉范，俗姓喻，筠州新昌（今江西宜丰）人，北宋诗僧。善画梅竹。曾师从黄庭坚，后为海内名僧。

③画架：装饰精美刻有花纹的秋千架。翠络：秋千上翠绿色的绳子。

④佳人：美女。戏：游戏，嬉戏，即荡秋千。

⑤血色：鲜红色。

⑥断送：打发。玉容：如玉面容，借代用法，指荡秋千的美女。

⑦花板：秋千上雕花的脚踏板。红杏雨：红杏枝头的露水。

⑧绿杨烟：碧绿的杨柳树上笼罩的烟雾。

⑨闲处：秋千边，也可解释为幽静的地方或闲暇之时。从容：从容自若。

⑩蟾（chán）宫：月宫，传说月中有蟾蜍，故称月宫为蟾宫。谪降仙：贬谪下凡的仙子。

曲　江①

其一

杜　甫

一片花飞减却春②，风飘万点正愁人③。

且看欲尽花经眼④，莫厌伤多酒入唇⑤。

江上小堂巢翡翠⑥，苑边高冢卧麒麟⑦。

细推物理须行乐⑧，何用浮名绊此身⑨。

【注释】

①诗题一作《曲江对酒》。诗人作此诗时，"安史之乱"还没有结束，长安依然是一派凋敝景象，诗人游赏了曲江。诗人描绘了晚春残景以及自己强作旷达的现状，抒发了惜春、伤春之情和无尽的愁绪。曲江：曲江池，在长安东南，是唐朝时长安的旅游胜地，今已干涸，故址在今西安市南。

②减却：减少。却，语气助词，无义。

③万点：指繁多的落花。愁人：使人发愁。

④欲尽：花将开完。花经眼：花在眼前出现，又解作曾经欣赏过。

⑤莫厌：不要厌烦。

⑥巢翡翠：翡翠筑巢。翡翠，一种水鸟，又名翠雀。

⑦冢：坟墓。麒麟：我国古代的一种瑞兽，这里指麒麟石像。

⑧推：推寻，推究。物理：万物兴衰变化的道理。须：需要，应该。行乐：作乐。

⑨浮名：一作"浮荣"，指虚名，虚幻的功名利禄。绊此身：束缚自己。

曲 江①

其二

杜 甫

朝回日日典春衣②，每日江头尽醉归③。

酒债寻常行处有④，人生七十古来稀⑤。

穿花蛱蝶深深见⑥，点水蜻蜓款款飞⑦。

传语风光共流转⑧，暂时相赏莫相违⑨。

【注释】

①这首诗和上一首是组诗。这首诗侧重描写了诗人生活上的困顿和窘迫，表达了惜春、伤春之情，表现了诗人对世事无可奈何之后的及时行乐思想。

②朝（cháo）回：上朝回来。典：典当。

③江头：曲江头。尽：尽是，都是。

④酒债：赊欠的酒钱。寻常：平常。行处：到处。

⑤古来稀：又称古希、古稀之年，古代为七十岁的代称。

⑥蛱蝶：蝴蝶。深深见（xiàn）：时隐时现。见，现。

⑦款款：缓慢。

⑧传语：寄语，传话。风光：春光。流转：运行。

⑨相违：互相分开。

黄鹤楼①

崔　颢②

昔人已乘黄鹤去③，此地空余黄鹤楼④。

黄鹤一去不复返⑤，白云千载空悠悠⑥。

晴川历历汉阳树⑦，芳草萋萋鹦鹉洲⑧。

日暮乡关何处是⑨，烟波江上使人愁⑩。

【注释】

①这首诗视野开阔，蕴含丰富。诗中描绘出黄鹤楼的凄清景色，抒发了思古之幽情和客子思乡的愁绪。黄鹤楼：故址在武昌黄鹤矶，背靠蛇山，相传始建于三国东吴黄武年间，传说仙人子安曾乘鹤经过此处，费文祎在此乘黄鹤登仙而去。

②崔颢（？—754），汴州（今河南开封）人。他的诗名很大。中唐人曾将他与王维并称。早年诗多写妇女生活，虽然有浮艳之作，但大多数内容还比较健康。后来到边塞，诗风变得慷慨豪迈。

③昔人：乘鹤仙人。去：离去，远去。

④空余：只剩下。

⑤不复返：不再回来。

⑥悠悠：形容年代久远。

⑦晴川：晴朗的江面，此指汉江。历历：清晰可数。汉阳：在今武昌西北。

⑧萋萋：草木茂盛的样子。鹦鹉洲：长江中的小洲，在黄鹤楼东北。

⑨乡关：家乡。何处是：哪里才是。

⑩烟波：气霭笼罩的江面。

旅　怀①

崔　涂②

水流花谢两无情，送尽东风过楚城③。

蝴蝶梦中家万里④，杜鹃枝上月三更⑤。

故园书动经年绝⑥，华发春催两鬓生⑦。

自是不归归便得⑧，五湖烟景有谁争⑨。

【注释】

①诗题一作《春夕旅梦》，又作《春夕旅游》《春夕旅怀》。这首诗借描写暮春景色，写出诗人思乡的愁绪。接着又写归梦未得、杜鹃夜啼，进一步突出了愁绪难消，早生的华发时刻在唤醒着难堪的迟暮之悲。旅怀：客居他乡的情怀。

②崔涂：字礼山。晚唐诗人。他终生漂泊，长期客居巴蜀、湘鄂、秦陇等地，自称"孤独异乡人"。他的诗多以漂泊为题材，情调抑郁苍凉。

③东风：指春光。楚城：泛指楚地。

④蝴蝶梦：典出《庄子·齐物论》："昔者庄周梦为胡蝶，栩栩然胡蝶也。自喻适志与，不知周也。俄然觉，则蘧蘧然周也。不知周之梦为胡蝶与？胡蝶之梦为周与？周与胡蝶则必有分矣。此之谓物化。"这里泛指梦。

⑤杜鹃：鸟名，叫声好像"不如归去"，所以听到杜鹃啼叫声，诗人思乡的心情更为急切。

⑥故园：家乡。书：书信。动：动辄，每每。经年：常年。绝：音信断绝。

⑦华发：花白头发。催：催生。

⑧自是：本来是。归便得：要回去就可以回去。

⑨五湖：古时称漏湖、洮湖、村湖、贵湖、太湖为五湖，这里泛指太湖一带。烟景：风烟景物。争：争夺。

答李儋①

韦应物

去年花里逢君别②，今日花开又一年。
世事茫茫难自料③，春愁黯黯独成眠④。
身多疾病思田里⑤，邑有流亡愧俸钱⑥。
闻道欲来相问讯⑦，西楼望月几回圆⑧。

【注释】

①诗题一作《答李儋元锡》，又作《寄李儋元锡》。这首诗借花开花落写出动荡不安的时局和对民生疾苦的同情以及自己的孤独寂寞，更有对友人的思念。李儋：字元锡，唐朝宗室，甘肃武威人，韦应物的好友，两人的唱和诗很多。也有人说李儋、元锡是两个人。

②花里：花开季节，春季。逢：恰逢。

③料：预料。

④黯黯：黯然，沮丧的样子。

⑤思田里：思念故乡，这里也含有盼望归隐的意思。

⑥邑：城市，这里指苏州。流亡：逃亡的百姓。愧俸钱：愧对官俸。

⑦闻道：听说。问讯：探望。

⑧西楼：观风楼。

江　村①

杜　甫

清江一曲抱村流②，长夏江村事事幽③。

自去自来梁上燕④，相亲相近水中鸥⑤。

老妻画纸为棋局⑥，稚子敲针作钓钩⑦。

多病所须惟药物⑧，微躯此外更何求⑨。

【注释】

①江村是成都浣花溪边杜甫所居的村庄。全诗从"事事幽"着手，描写燕子来去自由、鸥鸟无猜、妻子画纸为棋盘和儿子做钓钩等景物事件，表现出浣花溪生活的惬意自适，也含蓄地表达出怅然之意。

②江：锦江，岷江的支流，在成都西郊的一段又叫浣花溪。抱：环抱，绕着。

③幽：幽静，安闲。

④自去自来：来去随意的样子。

⑤相亲相近：形容鸥鸟融洽亲近的样子。

⑥为：做。棋局：棋盘。

⑦稚子：幼子。

⑧须：需要。惟：只是。

⑨微躯：微贱的身体，诗人谦称。更：更多的、别的。

夏　日^①

张　耒^②

长夏江村风日清^③，檐牙燕雀已生成^④。

蝶衣晒粉花枝舞^⑤，蛛网添丝屋角晴。

落落疏帘邀月影^⑥，嘈嘈虚枕纳溪声^⑦。

久斑两鬓如霜雪^⑧，直欲樵渔过此生^⑨。

【注释】

①这首诗写出了夏日江村的风情。诗人用工笔细描的手法，描绘出夏日江村清幽美丽的景色，呈现出一派自然气息，表达了对大自然的欣赏和归隐生活的自得之乐。

②张耒（1054—1114）：宋代诗人，字文潜，号柯山，楚州淮阴（今属江苏）人。苏门四学士之一。他的诗风平易流丽，颇有白居易、张籍、王建之风。

③清：清爽，晴朗。

④檐牙：屋檐，边缘呈牙齿状。生成：筑成。指燕雀的巢已经筑好。

⑤蝶衣：蝴蝶的翅膀。晒粉：晒翅膀上的粉。

⑥落落：稀疏的样子。邀月影：月影透过帘子，好像受邀请而来，拟人的手法。

⑦嘈嘈：流水声。虚枕：空心的枕头。纳溪声：枕边传来了流水声。

⑧久斑：早已斑白。如：像。

⑨直欲：真想，真愿意。樵渔：砍柴打鱼，借指归隐田园。

辋川积雨①

王 维

积雨空林烟火迟②，蒸藜炊黍饷东菑③。

漠漠水田飞白鹭④，阴阴夏木啭黄鹂⑤。

山中习静观朝槿⑥，松下清斋折露葵⑦。

野老与人争席罢⑧，海鸥何事更相疑⑨。

【注释】

①这首诗是《辋川集》的第一首。诗中描绘出辋川雨后清幽的景色，充满了浓浓的诗情画意，表现了诗人隐居山林、脱离尘俗的情趣，抒发了对幽静景色的喜爱，对宦海生活的厌倦。辋川：在今陕西蓝田县南二十里，水发源于终南山辋谷，向北流入霸水。诗人在此有辋川别墅。积雨：久雨。

②烟火迟：烟火缓缓地上升。雨后空气湿度大，气压低，又无风，烟火升得慢。

③藜（lí）：一种野菜，又名灰菜。黍：黍子，黄米。饷：送饭。东菑（zī）：东边田地上劳作的人。菑，初耕的田地。

④漠漠：辽阔无边的样子。飞白鹭：白鹭在飞翔。

⑤阴阴：阴暗潮湿。夏木：夏天的树木。啭：婉转，这里指黄鹂悦耳的鸣叫声。

⑥习静：习惯于幽静的环境。朝槿：即木槿。花朝开暮落，常用来比喻事物变化之快或时间的短暂。

⑦清斋：素食。露葵：带有露水的葵菜。

⑧野老：居于郊野的人，这里是诗人自称。争席罢：不再争座次，指争名夺利的官场生活已经结束。

⑨海鸥：出自《列子·黄帝》。有一个人住在海边，非常喜爱海鸥，每天与海鸥相亲。后来他的父亲要捉海鸥来玩，第二天，海鸥再也不与他亲近了。相疑：猜疑我。

新　竹①

陆　游②

插棘编篱谨护持③，养成寒碧映涟漪④。
清风掠地秋先到⑤，赤日行天午不知⑥。
解箨时闻声簌簌⑦，放梢初见影离离⑧。
归闲我欲频来此⑨，枕簟仍教到处随⑩。

【注释】

①诗题一作《东湖新竹》。这是一首写景状物诗。诗人用独特的视角观察了新竹生长的全过程，语言妙趣横生，流露出诗人的欣喜之情以及对官场生活的厌倦。

②陆游（1125—1210）：字务观，号放翁。越州山阴（今浙江绍兴）人。南宋"中兴四大诗人"之一。晚年，他将书室命名为"老学庵"，以坐拥书城为乐。

③棘：荆棘。谨：小心。护持：卫护。

④寒碧：本指碧玉，因为碧玉晶莹带有凉意，所以称为寒碧；这里用来比喻新竹。涟漪（yī）：水纹，这里指微波荡漾的水面。

⑤掠地：吹拂地面。秋先到：因为新竹的清爽，使得主人提前领略到秋天的凉爽。

⑥赤日：烈日。行天：在天空中运行。

⑦解箨（tuò）：脱去笋壳。箨，笋壳。簌簌：拟声词。

⑧放梢：发枝长杈，枝梢伸展开。离离：竹影纵横交错的样子。

⑨归闲：回乡闲居。欲：打算。频：多次。

⑩枕簟（diàn）：枕头与竹席。随：随身携带。

表兄话旧①

窦叔向②

夜合花开香满庭③，夜深微雨醉初醒。

远书珍重何由达④，旧事凄凉不可听⑤。

去日儿童皆长大⑥，昔年亲友半凋零⑦。

明朝又是孤舟别，愁见河桥酒幔青⑧。

【注释】

①诗题一作《夏夜宿表兄话旧》。诗中描述的是诗人在微雨夏夜和表兄饮酒叙旧的情景，将乱后相逢的人间亲情、人生感慨、暂聚还别的惆怅娓娓道来，营造了一种凄清忧伤的氛围。

②窦叔向：字遗直，唐代扶风（今陕西凤翔）人。

③夜合：即合欢，落叶乔木，叶似槐叶，昼开暮合。庭：庭院。

④远书：远方亲人的来信。珍重：指书信中的殷切之意。何由达：何曾达到。何由：一作"何曾"。达：一作"答"。

⑤旧事：往事。不可听：听不下去。

⑥去日：昔日，往日。

⑦半：大半。凋零：本指草木凋落，引申为人的死亡。

⑧酒幔：酒旗。

偶　成①

程　颢

闲来无事不从容②，睡觉东窗日已红③。

万物静观皆自得④，四时佳兴与人同⑤。

道通天地有形外⑥，思入风云变态中⑦。

富贵不淫贫贱乐⑧，男儿到此是豪雄⑨。

【注释】

①这是一首具有浓郁理性特质的诗。诗歌描绘出诗人作为一位理学大师潜心治学的闲适生活以及体验到世间真知的快乐，表现了诗人的价值观。

②闲来：闲时。从容：悠闲舒适，不慌不忙。

③睡觉：一觉醒来。

④万物：天地间的事物。静观：静静地观察。得：心得体会。

⑤四时：四季。

⑥道：我国古代的一个基本哲学概念，是超乎具体形体以外的范畴，大致相当于道理、真理。通：贯通。

⑦变态：不断变化的状态。

⑧富贵不淫贫贱乐：语出《孟子·滕文公下》："富贵不能淫，贫贱不能移，威武不能屈，此之谓大丈夫。"《论语·雍也》："一箪食，一瓢饮，在陋巷之中，人不堪其忧，回也不改其乐。"意思是说富贵不能乱志，贫贱之中仍然做到怡然其乐。

⑨到此：到达这个境界。豪雄：英雄豪杰。

游月陂①

程 颢

月陂堤上四徘徊②，北有中天百尺台③。

万物已随秋气改④，一樽聊为晚凉开⑤。

水心云影闲相照，林下泉声静自来⑥。

世事无端何足计⑦，但逢佳节约重陪⑧。

【注释】

①这是一首富有哲思的记游诗，诗中描绘了秋声、秋色、秋云及世事等方面，抒发了闲适达观、物我相悦的情怀。月陂（bēi）：陂名，地址不详。陂，水池。

②四徘徊：四顾徘徊，来回走动。

③中天：半空中，形容台非常高。

④改：改变。这里指萧条凋零。

⑤樽：一种盛酒的器具。聊：暂且。

⑥林下：树林之下。本指清幽处所，常指代隐居的地方。

⑦无端：没有头绪，没有定准。何足计：不值得计较。

⑧但：只要。约：邀请。重陪：再来相陪。

秋 兴①

其一

杜 甫

玉露凋伤枫树林②，巫山巫峡气萧森③。

江间波浪兼天涌④，塞上风云接地阴⑤。

丛菊两开他日泪⑥，孤舟一系故园心⑦。

寒衣处处催刀尺⑧，白帝城高急暮砧⑨。

【注释】

①唐代宗大历元年（766年）秋，杜甫住在夔州（奉节），适逢秋天而兴起家国身世之感，作《秋兴》八首。这首诗写出巫山巫峡一带萧瑟阴晦的秋日景象，抒发了诗人孤独漂泊的思乡之情和对国家时局的忧心忡忡。秋兴：因秋景而起兴，感怀往事。

②玉露：白露，霜。凋伤：摧残，使草木衰败，枝叶凋零。

③巫山巫峡：泛指夔州一带长江和两岸的山峦。萧森：萧瑟阴森，形容深秋景色凄凉。

④兼天涌：连天涌起，形容波浪滔天的水势。

⑤塞上：边关险要的地方，这里指夔州地处边远，山势险要。接：连接。地阴：地面的阴暗气象。

⑥丛菊两开：两次见到菊花开放，即过了两个年头。开，开放。他日：往日。

⑦一系：永系。故园心：思念家乡的心情。

⑧催刀尺：催人赶制冬衣。

⑨白帝：白帝城，在今四川奉节城外临长江的山上，是三国时刘备托

孤之处。暮砧（zhēn）：黄昏时的捣衣声。

秋　兴①

其三

杜　甫

千家山郭静朝晖②，日日江楼坐翠微③。

信宿渔人还泛泛④，清秋燕子故飞飞⑤。

匡衡抗疏功名薄⑥，刘向传经心事违⑦。

同学少年多不贱⑧，五陵裘马自轻肥⑨。

【注释】

①这首诗是《秋兴》的第三首。诗歌描写了晨曦中的夔州秋色清明、江色宁静，但这并没有给诗人带来内心的平静，诗人回顾往昔，慨叹诸事不顺。

②山郭：靠山的城郭。静：安静，静穆。朝晖：朝阳。

③江楼坐：坐在江楼上观看。翠微：青绿的山色。

④信宿：再宿，连宿两夜。古代称一宿为宿，二宿叫次，二次以上叫信。还泛泛：仍在水上漂浮。

⑤清秋：深秋。故：依旧。飞飞：飞动的样子。

⑥匡衡抗疏：汉元帝时匡衡多次上疏，议论朝政，升迁为光禄大夫、太子少傅。这里诗人慨叹自己任左拾遗时上书救房琯，结果被贬。

⑦刘向传经：汉宣帝时，刘向奉命传授《穀梁传》，在石渠阁讲论五经，汉成帝时又点校内府五经。这里诗人以刘向自比，感叹自己虽有传授经书、辅佐朝廷的愿望，但往往事与愿违，反而被朝廷疏远。

⑧不贱：显贵。贱，贫贱。

⑨五陵：长安北郊五座汉代帝王陵墓，即长陵、安陵、阳陵、茂陵、

平陵。轻肥：轻裘肥马，代指豪贵生活。

秋 兴①

其五

杜 甫

蓬莱宫阙对南山②，承露金茎霄汉间③。

西望瑶池降王母④，东来紫气满函关⑤。

云移雉尾开宫扇⑥，日绕龙鳞识圣颜⑦。

一卧沧江惊岁晚⑧，几回青琐点朝班⑨。

【注释】

①这首诗是《秋兴》第五首。诗人借回忆往昔抒写愁绪。长安宫殿巍
峨壮观、早朝场面庄严肃穆、自己得识龙颜，一切都曾那么美好，而如今
这些追忆只能徒增无尽的烦恼。

②蓬莱：宫殿名。宫阙：宫殿。阙，皇宫城门前的亭子。南山：终南
山，主峰在长安以南。

③承露金茎：汉武帝时建的金茎承露盘，在长安建章宫西，这里借汉
宫比拟唐宫。霄汉间：形容高耸入云。

④瑶池：神话传说中西王母的住处，在昆仑山上。

⑤紫气：祥瑞之气。函关：函谷关，在今河南灵宝附近。

⑥云移：宫扇像云彩一样缓缓移动。雉尾：雉尾扇，一种用野鸡尾羽
做成的宫中仪仗。

⑦日绕龙鳞：皇帝的龙袍，上面绘有龙浮江海、旭日东升等图像。也
可理解为皇帝的龙袍光彩夺目，如日光缭绕。圣颜：皇帝的面容。

⑧沧江：长江。惊：惊醒。岁晚：秋天，暗指自己已近晚年。

⑨青琐：宫门上刻着连琐，有纵横交错的花纹，涂有青色，所以叫青

璅，这里借指朝房。点朝班：上朝点名，依次入班。

秋　兴①
其七

杜　甫

昆明池水汉时功②，武帝旌旗在眼中③。

织女机丝虚夜月④，石鲸鳞甲动秋风⑤。

波飘菰米沉云黑⑥，露冷莲房坠粉红⑦。

关塞极天惟鸟道⑧，江湖满地一渔翁⑨。

【注释】

①这首诗是《秋兴》第七首。诗人寄情于景，写出对长安的怀念。诗人回忆了昆明池的景象，展示了唐朝当年强大的国力、壮丽的景物和富饶的物产，抒发了诗人的孤独寂寥和忧国之思。

②昆明池：汉武帝为增强水军力量，于元狩三年（前120年）在长安城西仿照云南昆明滇池，凿池训练水师，所以叫昆明池。功：功绩，功劳。

③武帝：汉武帝刘彻，这里指唐玄宗。

④织女：昆明池有牛郎、织女的石雕像，分别在池的东西两侧。虚夜月：昆明池畔的织女不能纺织，虚度月光照耀的秋夜。

⑤石鲸：昆明池中玉石雕刻的鲸鱼。动秋风：石刻鲸鱼形象逼真，好像在秋风里摆动。

⑥菰（gū）米：又称雕胡、茭白，生长在水中，秋季结实，颜色洁白。云黑：像乌云一样。

⑦莲房：莲蓬。

⑧关塞：险隘关口，指夔州。极天：形容极高。鸟道：只有鸟可以飞

过去的道路，指险峻狭窄的山路。

⑨江湖满地：形容漂泊在无穷无尽的江湖上，无所归宿。渔翁：诗人自称。

月夜舟中①

戴复古

满船明月浸虚空②，绿水无痕夜气冲③。

诗思浮沉樯影里④，梦魂摇曳橹声中⑤。

星辰冷落碧潭水，鸿雁悲鸣红蓼风⑥。

数点渔灯依古岸⑦，断桥垂露滴梧桐⑧。

【注释】

①诗题一作《月中泛舟》。诗中描绘了月夜西湖泛舟时见到的凄清冷寂的秋景，表现了诗人孤独悲凉的愁思。全诗融情于景，情景相生。

②浸虚空：月色笼罩天空。浸，浸润，笼罩。虚空，天空。

③绿水无痕：形容水清浪平。冲：弥漫。

④诗思：诗歌创作过程中的情思。浮沉：隐现。樯影：帆影。

⑤摇曳（yè）：摇摆不定。

⑥红蓼（liǎo）风：红蓼花开时的风，也就是秋风。蓼，一种草本植物，花小，红色或白色，生长在水中或水边。

⑦渔灯：渔船上的灯火。

⑧断桥垂露滴梧桐：倒装句，应为"梧桐垂露滴断桥"。

长安秋望①

赵　嘏

云物凄凉拂曙流②，汉家宫阙动高秋③。

残星几点雁横塞④，长笛一声人倚楼。

紫艳半开篱菊静⑤，红衣落尽渚莲愁⑥。

鲈鱼正美不归去⑦，空戴南冠学楚囚⑧。

【注释】

①诗题一作《长安秋夕》，又作《长安秋晚》。这是一首悲秋之作。诗歌通过描绘长安拂晓的凄清秋色，运用典故，抒发了诗人孤寂怅惘的愁思和强烈的思归之情。

②云物：云雾。拂曙：拂晓，天刚亮。流：流动，指拂晓的光亮在逐渐延伸。

③汉家宫阙：借汉喻唐，指唐代的宫殿。动高秋：巍然耸立的宫殿，似乎触动了高高的秋空。

④残星：晨星，因为天色将亮，星辰已经稀疏黯淡，所以称为残星。雁横塞：雁飞过边塞。横，度，越过。

⑤紫艳：艳丽的紫色菊花。静：寂静。

⑥红衣：这里指红色的莲花瓣。渚（zhǔ）：水中的小块陆地。

⑦鲈鱼正美：《世说新语·鉴识篇》记载了一个故事，晋时吴郡（今苏州）张翰在洛阳做官，一次见秋风起，便想起家乡鲈鱼莼羹正是味美时候，便弃官而归，后被传为归隐美谈。这里流露出诗人思乡心切之情。

⑧南冠：囚犯，用楚国钟仪囚于晋国的典故，表现身不由己，难以归乡。

新　秋①

杜　甫

火云犹未敛奇峰②，欹枕初惊一叶风③。

几处园林萧瑟里④，谁家砧杵寂寥中⑤。

蝉声断续悲残月，萤焰高低照暮空⑥。

赋就金门期再献⑦，夜深搔首叹飞蓬⑧。

【注释】

①这首诗大约作于唐肃宗上元二年（761年），这年八月杜甫寓居成都西郊草堂。这是一首伤秋感时之作。诗人从细处着笔，通过落叶惊风、砧杵声起、蝉鸣渐细等物候变化写出秋意的悲凉，最后抒发迟暮之心与身世飘零之感。新秋：初秋。

②火云：彩云，一说是火烧云，也可理解为夏季炽热的云彩。敛：收敛，这里指云彩消散。

③欹（qī）：倾斜，斜靠着。初：才。一叶风：传说立秋时节，梧桐就要落下第一片叶子，后人用此指代秋风。

④萧瑟：树木为秋风吹拂所发出的声音。

⑤砧（zhēn）杵（chǔ）：捣衣具。砧，捣衣石。杵，捣衣棒。

⑥萤焰：萤火。高低：忽高忽低。

⑦金门：汉代宫殿门，又叫金马门。这里是说，想献策于朝廷，以求仕进，建功立业。

⑧飞蓬：指干枯后，遇风飞旋的蓬草，比喻自己漂泊的身世。

中　秋①

李　朴②

皓魄当空宝镜升③，云间仙籁寂无声④。

平分秋色一轮满⑤，长伴云衢千里明⑥。

狡兔空从弦外落⑦，妖蟆休向眼前生⑧。

灵槎拟约同携手⑨，更待银河彻底清⑩。

【注释】

①这首诗描绘了中秋千里月明、碧空澄澈、万籁无声的景象，运用神话传说，表现了要以天下为己任的思想感情和除恶务尽的决心。全诗条理清晰，写景状物和传说想象结合在一起。

②李朴（1063—1127年），字先之，人称章贡先生，兴国（今江西兴国）人。李朴父子兄弟一门中有七名进士，都以理学诗文见称。

③皓魄：月亮。魄，古时指月光初生或将灭时的微光。宝镜：形容圆月。

④仙籁（lài）：仙境的声音。

⑤平分秋色：八月十五正值秋季之半，所以说平分秋色。也可理解为月与大地平分它的光亮。

⑥云衢（qú）：云海中月亮运行的轨迹。衢，四通八达的道路。

⑦狡兔：传说月中捣药的白兔，据说它可以使月亮生光。弦：农历初七八，月亮缺上半部分，叫上弦月；二十二三，缺下半部分，叫下弦月。

⑧妖蟆：传说中月亮里的蟾蜍，它会吃月亮，使月亮产生圆缺变化。生：出现。

⑨灵槎（chá）：仙槎。槎，木筏。传说海与天河相通。拟约：打算邀请。

⑩更待银河彻底清：用比喻的修辞手法，表达了对清平政治的渴望。

九日蓝田会饮①

杜 甫

老去悲秋强自宽②，兴来今日尽君欢③。

羞将短发还吹帽④，笑倩旁人为正冠⑤。

蓝水远从千涧落⑥，玉山高并两峰寒⑦。

明年此会知谁健⑧，醉把茱萸仔细看⑨。

【注释】

①诗题一作《九日蓝田崔氏庄》。这首诗以乐景写哀情，以壮语写悲情，展示了诗人强作欢颜的情形，抒发了诗人迟暮之心、悲秋之感、宦海浮沉之悲。尤其是尾句，虽一言不发，却胜过千言万语。九日：九月九日，重阳节。

②强自宽：勉强地自我宽慰。

③兴：兴致。尽君欢：尽情与你欢乐。

④羞将短发：因为头发短而不好意思。吹帽：出自《晋书·孟嘉传》。重阳节时，东晋大将桓温在龙山宴集同僚官佐属吏，参军孟嘉的帽子被风吹落而不自知，桓温命孙盛写文章嘲笑他，而孟嘉神情自若，一时传为美谈。

⑤倩：请。正冠：把帽子戴端正。

⑥蓝水：蓝田溪谷里的水。千涧：千里之外的溪涧。

⑦玉山：蓝田山，因盛产玉，又称玉山。蓝田山与华山很近，所以说"高并两峰"。

⑧此会：这样的聚会。健：健康，健在。

⑨把：持，拿。茱萸：一种植物，有浓烈的香味，旧时风俗，每逢重阳节佩茱萸、饮菊花茶，据说可以消灾灭祸，延年益寿。

秋　思①

陆　游

利欲驱人万火牛②，江湖浪迹一沙鸥③。

日长似岁闲方觉④，事大如天醉亦休⑤。

砧杵敲残深巷月，梧桐摇落故园秋⑥。

欲舒老眼无高处⑦，安得元龙百尺楼⑧。

【注释】

①诗人将自己比喻为沙鸥，表现了自己的孤独，既痛恨世人为利欲所驱使，又不满于自己的闲适，抒发了壮志难酬的苦闷之情。

②利欲：追求利禄的欲望。驱人：驱使人。万火牛：战国时燕、齐交战，燕攻破齐国七十多座城池，只有莒、即墨没有攻破。齐将田单在牛角上捆绑利刃，牛尾纵火，使牛冲向燕国，大败燕国，保全了齐国。这里是说利欲可以使人疲于奔命，无所顾忌。

③江湖：这里指四处、到处。浪迹：到处漂泊，行踪不定。

④日长似岁：度日如年。方：才会，才能。觉：觉察，意识到。

⑤事大如天醉亦休：即使有天大的事情，喝醉了也就忘记了。休，完结，忘却。

⑥"砧杵"以下两句：上句写深巷月光下砧杵声不停，给人一种凄惨的感觉，下句写看到桐树叶子飘落，心里不由自主地产生思乡的愁绪。摇落，凋残，零落。

⑦舒老眼：张开老眼，指登高远望。舒，舒展。

⑧安得：哪里能够。元龙：即陈登，字元龙，三国时魏人。

与朱山人^①

杜 甫

锦里先生乌角巾^②，园收芋栗未全贫^③。

惯看宾客儿童喜，得食阶除鸟雀驯^④。

秋水才深四五尺，野航恰受两三人^⑤。

白沙翠竹江村暮，相送柴门月色新^⑥。

【注释】

①诗题一作《南邻》。杜甫晚年居住在成都浣花草堂，南邻有一位朱山人朱希真。这首诗用白描的手法展现了朱山人的隐士生活，衬托出朱山人安贫乐道的美好品德。

②锦里：锦江附近。乌角巾：一种隐士常戴的黑色头巾。

③芋栗：芋头和栗子。未全贫：不算是很贫困，暗指朱希真安贫乐道。

④得食：得到食物。阶除：台阶。驯：驯服。

⑤野航：野外水道里航行的船只。恰受：刚刚能够承受。

⑥相送：送我。月色新：月亮刚出来。

闻　笛^①

赵 嘏

谁家吹笛画楼中^②，断续声随断续风^③。

响遏行云横碧落④，清和冷月到帘栊⑤。

兴来三弄有桓子⑥，赋就一篇怀马融⑦。

曲罢不知人在否⑧，余音嘹亮尚飘空⑨。

【注释】

①这首诗用拟人、夸张、通感、典故等多种手法描绘出月夜闻笛感受，赞扬吹笛人技艺高超。

②画楼：装饰精美的楼。

③断续：断断续续。随：伴随。

④响遏（è）行云：形容笛声响彻云霄，阻挡了流动的云彩。遏，阻止。横：越过。碧落：碧空，天空。

⑤清和冷月：清冷柔和的月色。帘栊：指窗户。

⑥三弄：三支曲子。弄，乐曲称作弄。桓子：指东晋桓伊，擅长音乐。

⑦怀：想到，想起。马融：东汉人，字季长，才学博洽，善鼓琴，好吹笛，著有《长笛赋》。

⑧曲罢：曲终。

⑨尚：还。飘空：回荡在空中。

冬　景①

刘克庄

晴窗早觉爱朝曦②，竹外秋声渐作威③。

命仆安排新暖阁④，呼童熨贴旧寒衣⑤。

叶浮嫩绿酒初熟⑥，橙切香黄蟹正肥⑦。

蓉菊满园皆可羡⑧，赏心从此莫相违⑨。

①诗题一作《晚秋》，诗歌描写的是有空闲的士大夫的初冬生活，在毫无萧瑟的景致中表现了诗人的达观自适的感情。

②觉：睡醒。朝曦：早晨的阳光。

③秋声：秋天大自然的声响。渐作威：逐渐猛烈。

④仆：仆人。暖阁：设炉取暖的楼阁。

⑤熨贴：把衣服熨平。寒衣：御寒的冬衣。

⑥叶浮嫩绿：比喻新酒酒色像嫩绿的竹叶浮在上面那样鲜绿清亮。

⑦橙切香黄：比喻初冬的螃蟹正肥，煮熟以后像刚切开的橙子那样鲜黄甘美。

⑧蓉菊：木芙蓉、菊花。可羡：值得玩赏。

⑨赏心：畅快的心情。违：违背，错过。

冬　至①

杜　甫

天时人事日相催②，冬至阳生春又来③。
刺绣五纹添弱线④，吹葭六管动飞灰⑤。
岸容待腊将舒柳⑥，山意冲寒欲放梅⑦。
云物不殊乡国异⑧，教儿且覆掌中杯⑨。

【注释】

①诗题一作《小至》。小至，又称小冬日，冬至前一天。诗中描写冬至阳生春将来的种种情形，表现了诗人因节令变化而产生的喜悦和对美好前景的憧憬。

②天时人事：自然界的时序与人世间的事情。催：催促。写出时间飞逝的紧迫感。

③冬至：节令名，一般在阴历十一月间，这一天以后，白天渐长黑夜渐短。阳生：阳气上升。

④五纹：花纹。添弱线：据《唐杂录》记载，唐代宫中根据日影长短安排纺织工作量，冬至后，日晷渐长，比常日增一线的工作量。弱线，细丝。

⑤吹葭六管：古代预测节令，将芦苇茎中的薄膜制成灰，放在十二乐律的玉管中，将玉管放在木案上，到了某一节气，相应律管内的灰就会自动飞出。

⑥岸容：河边的物色。腊：腊月。舒柳：柳树将发新芽，舒展枝条。

⑦冲寒：迎着寒气，冲破寒气。放：绽放。

⑧云物：景物。乡国：故乡。异：不同。

⑨覆：倾，倒。

梅 花①

林 逋②

众芳摇落独暄妍③，占尽风情向小园④。

疏影横斜水清浅⑤，暗香浮动月黄昏⑥。

霜禽欲下先偷眼⑦，粉蝶如知合断魂⑧。

幸有微吟可相狎⑨，不须檀板共金樽⑩。

【注释】

①诗题一作《山园小梅》，原作二首，这是其中之一。这是一首咏梅佳作，诗人从多方面写出梅花神韵。首联写梅花凌寒独放，风光无限；颔联写其疏朗俊健之形与香气袭人；颈联用禽鸟做衬托；尾联写吟赏之乐。

②林逋（967—1029）：北宋诗人，字君复，宁波奉化黄贤村人。后人称其为"和靖先生"。林逋出生于儒学世家，早年曾游历于江淮等地，四十多岁后在杭州西湖孤山下隐居。相传他足不出户，终生未娶，以植梅

养鹤为乐，人称"梅妻鹤子"。

③众芳：百花。独：独自。暄妍：原指天气和暖，景物明媚，这里形容梅花鲜艳夺目。

④风情：风采，风光。

⑤疏影：梅花疏朗的影子。

⑥暗香：幽香，清香。黄昏：形容月色朦胧。

⑦霜禽：冷天的鸟。偷眼：偷看。

⑧合：应该。断魂：痴痴呆呆，丧魂落魄的样子。

⑨微吟：轻声念新作的诗。狎：形容亲昵的态度。

⑩檀板：演奏音乐用的檀木拍板，这里借指音乐。共：与。金樽：珍贵的酒杯，这里借指美酒。

自 咏①

韩 愈

一封朝奏九重天②，夕贬潮阳路八千③。

本为圣明除弊政④，敢将衰朽惜残年⑤。

云横秦岭家何在⑥，雪拥蓝关马不前⑦。

知汝远来应有意⑧，好收吾骨瘴江边⑨。

【注释】

①诗题一作《左迁至蓝关示侄孙湘》，这首诗作于韩愈被贬潮州的途中。诗中写出了他被贬官的原因和地点、获罪之速、获罪之重，委婉地写出诗人一心为国却遭贬谪的激愤之情，表达了为国除弊的决心。

②封：奏章，呈给皇帝的意见书。奏：向皇帝上书。九重天：这里指皇帝。

③贬：贬官。潮阳：即潮州，今广东省潮阳市。八千：不是确数，意在形容路途遥远。

④圣明：朝廷。弊政：一作"弊事"，有害的事。

⑤敢：一作"肯"，岂敢，岂肯。衰朽：体弱年迈。惜残年：爱惜残余的岁月。

⑥横：横阻，隔断。秦岭：泛指陕西南部的山岭。

⑦拥：堵塞。蓝关：蓝田关，在今陕西省蓝田县东南。

⑧汝：你，指韩湘。

⑨瘴（zhàng）江：泛指岭南河流，当时岭南多瘴疠之气，所以称瘴江。

干　戈①

王　中②

干戈未定欲何之③，一事无成两鬓丝④。

踪迹大纲王粲传⑤，情怀小样杜陵诗⑥。

鹡鸰音断人千里⑦，乌鹊巢寒月一枝⑧。

安得中山千日酒⑨，酩然直到太平时⑩。

【注释】

①这是一首以战争为题材的诗歌。诗人以王粲和杜甫自比，运用曹操"乌雀南飞"的典故，写出了战乱不断、身世凄凉、郁郁不得志、在社会中无所依托等复杂的愁绪以及对太平盛世的向往。

②王中：字积翁，南宋诗人。

③干戈：古代的两种兵器，泛指兵器、战争、战乱。定：平定，平息。欲何之：想要到哪里去。之，去，往，到。

④两鬓丝：两个鬓角上长满了白发。

⑤踪迹：脚印，行迹，行为。大纲：大致，大的方面。王粲：字仲宣，东汉人，生逢战乱，长期过着颠沛流离不得重用的日子。

⑥小样：略似。杜陵：杜甫，杜甫常自称杜陵野老、杜陵布衣、少陵

野老，后人称之为杜陵或杜少陵。杜诗多感时伤事、忧国忧民之作。

⑦鹡鸰（jí líng）：即脊令，一种鸟。后世用脊令比喻兄弟。

⑧乌鹊：化用曹操《短歌行》："月明星稀，乌鹊南飞。绕树三匝，何枝可依？"说自己漂泊不定。

⑨千日酒：酒名。古代传说中山人狄希能造千日酒，饮后醉千日。

⑩酩（mǐng）然：大醉的样子。

归　隐①

陈　抟②

十年踪迹走红尘③，回首青山入梦频④。

紫绶纵荣争及睡⑤，朱门虽富不如贫⑥。

愁闻剑戟扶危主⑦，闷听笙歌聒醉人⑧。

携取旧书归旧隐⑨，野花啼鸟一般春。

【注释】

①这是一首归隐诗。诗人写出对官场生活和所谓的笙歌醉舞、功名富贵的厌倦以及对隐居生活的向往。

②陈抟（tuán）：字图南，亳州真源人。

③踪迹：足迹。红尘：人世间。

④回首：回想，回忆起。频：频繁。

⑤紫绶：系印的紫色绶带。古时只有官阶高的人才用紫色，这里泛指高官厚禄。纵荣：纵然荣耀。争及：怎及。

⑥朱门：古代王侯权贵的大门常漆成红色，所以朱门也就成了豪贵之家的代称。

⑦愁闻：听到之后发愁。剑戟：古代的两种兵器，借指武力。扶危主：辅佐拯救危难中的君主。

⑧闷听：厌烦听，不喜听。聒（guō）：吵闹。

⑨旧隐：以前隐居的地方。

时世行①

杜荀鹤②

夫因兵死守蓬茅③，麻苎衣衫鬓发焦④。

桑柘废来犹纳税⑤，田园荒尽尚征苗⑥。

时挑野菜和根煮⑦，旋斫生柴带叶烧⑧。

任是深山更深处⑨，也应无计避征徭⑩。

【注释】

①诗题又作《山中寡妇》《时世行赠田妇》。诗中成功地刻画了一个避难山中的寡妇形象，反映了唐末战乱频仍、赋税沉重、民生凋敝的社会现实，表现了诗人对民生的关心。

②杜荀鹤（846—904）：字彦之，号九华山人。

③兵：战争，战乱。蓬茅：简陋的茅草房。

④麻苎（zhù）：粗麻布。焦：焦黄。

⑤柘（zhè）：一种树，叶子可喂蚕。废来：荒废。

⑥尚：还是，还要。征苗：征青苗税，唐中叶以后田赋的一种附加税，在粮食成熟前征收。

⑦挑：拣。和根：带根。

⑧旋：不久。斫（zhuó）：砍。生柴：刚砍来的湿柴。

⑨任是：任凭是。

⑩无计：没有办法。征徭：赋税和徭役。

送天师①

朱 权②

霜落芝城柳影疏③，殷勤送客出鄱湖④。

黄金甲锁雷霆印⑤，红锦韬缠日月符⑥。

天上晓行骑只鹤⑦，人间夜宿解双凫⑧。

匆匆归到神仙府⑨，为问蟠桃熟也无⑩。

【注释】

①这首诗记叙的是诗人送别张天师时的情景。诗中通过描写天师的府印及他的佩饰，并运用神话传说盛赞天师的尊贵身份和法力不凡，表现了诗人对道教的推崇。天师：对道士的尊称，这里指元末明初的张正常。

②朱权（1378—1448），明太祖朱元璋第十七子，明初戏剧家。

③芝城：今江西鄱阳，因城北有芝山故名。疏：稀疏。

④鄱湖：鄱阳湖。

⑤黄金甲：金贵精美的装印斗的外套。雷霆印：具有雷霆那么大威力的印。

⑥红锦韬（tāo）：装符表的红丝套。缠：缠绕，这里是收藏的意思。日月符：能够驱动日月的符箓。

⑦鹤：仙鹤，传说中仙人的坐骑。

⑧双凫：《后汉书·王乔传》记载，东汉明帝时王乔为叶县令，有神术，虽远离京师，却能够按时来朝。人们看见他每次来都有双凫从东南飞来。后来人们设网捕捉到一只凫，发现原来竟是一只木鞋。

⑨神仙府：对张正常住所的美称。

⑩蟠（pán）桃：神话中的仙桃。熟也无：熟了没有。

送毛伯温①

朱厚熜②

大将南征胆气豪③，腰横秋水雁翎刀④。

风吹鼍鼓山河动⑤，电闪旌旗日月高。

天上麒麟原有种⑥，穴中蝼蚁岂能逃⑦。

太平待诏归来日⑧，朕与先生解战袍⑨。

【注释】

①这是一首明朝嘉靖皇帝犒送臣子出征的诗。诗中描绘出毛伯温的英雄气概，王师的声威浩荡，形象地写出出师必胜的信心。毛伯温（1487—1544）：字汝厉，嘉靖年间担任兵部尚书兼右都御史。

②朱厚熜（cōng，1507—1566），明世宗皇帝，年号嘉靖。朱厚熜迷信道教，祈求长生不老，竟长期不上朝理政，大权被严嵩把持，政治腐败，国势日趋没落，政治和经济都出现深重危机。

③大将：毛伯温。南征：嘉靖十八年（1539年），毛伯温率兵征讨安南，第二年进驻南宁，兵不血刃而安南平定。

④秋水：形容宝刀像秋水般明亮。雁翎刀：形似雁翎的刀。

⑤鼍（tuó）鼓：鼍皮制成的鼓。鼍，扬子鳄。

⑥麒麟：古代传说中的一种瑞兽，这里指安南王族。

⑦蝼蚁：安南叛军莫登庸部。

⑧待诏：待命。

⑨朕：皇帝朱厚熜自称。先秦时任何人都可自称为"朕"，从秦始皇以后"朕"成为帝王的自称。

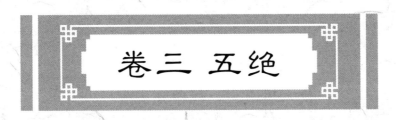

卷三 五绝

春　眠①

孟浩然②

春眠不觉晓③，处处闻啼鸟④。
夜来风雨声，花落知多少⑤。

【注释】

①诗题一作《春晚绝句》，又作《春晓》。这首诗描绘了一幅春天早晨绚丽的图景，抒发了诗人热爱春天、珍惜春光的美好心情。整首诗如行云流水般平易自然，悠远隽永。

②孟浩然（689—740）：唐代著名诗人。襄州襄阳（今湖北襄樊）人，世称孟襄阳。他的诗歌以五言诗为主，多写山水田园和隐逸、行旅等内容，冲淡自然，继陶渊明、谢灵运、谢朓之后，开盛唐田园山水诗派之先声。

③眠：睡觉。不觉晓：不知不觉天亮了。

④处处：到处。啼鸟：鸟叫声。

⑤知多少：不知道有多少。

访袁拾遗不遇①

孟浩然

洛阳访才子②，江岭作流人③。
闻说梅花早④，何如此地春⑤。

【注释】

①诗题一作《洛中访袁拾遗不遇》。诗歌叙述了富有才华的友人被贬南岭的事情，含蓄而曲折地讽刺、批评了时政，流露出对友人的关心、怀念以及对他的遭遇的痛惜之情。袁拾遗：袁瓘，洛阳人，诗人的好友。

②才子：有才华的人，这里指袁瓘，他是洛阳人。

③江岭：大庾岭，位于今广东、江西交界处。流人：获罪流放之人，这里是说袁瓘因罪流放到岭外。

④梅花早：南方气候温暖，梅花开得早。

⑤何如：怎比得上。此地：一作"北地"，指洛阳。

送郭司仓①

王昌龄②

映门淮水绿③，留骑主人心④。

明月随良掾⑤，春潮夜夜深⑥。

【注释】

①这是一首写离别之情的绝句。诗中写到春日送别友人，委婉含蓄地抒发了对友人远行的依依不舍之情与无限思念。司仓：管理仓库的小官。

②王昌龄（？—约756）：字少伯，京兆万年（今陕西西安）人，盛唐著名诗人。

③淮水：淮河，发源于河南桐柏山，流经安徽、江苏，注入长江。

④留骑：留客的意思。骑，坐骑。

⑤良掾（yuàn）：好官。掾，古代府、州、县属官的通称。

⑥深：这里指潮水上涨。

洛阳道^①

储光羲^②

大道直如发^③，春日佳气多^④。
五陵贵公子^⑤，双双鸣玉珂^⑥。

【注释】

①本诗是《洛阳道五首献吕四郎中》组诗的第三首。诗人以洛阳道为题材，写出了京城贵游公子春日游赏的骄奢，流露出诗人的讽刺与愤激之情。洛阳道：汉横吹十八曲之一。

②储光羲（约707—约762）：唐代诗人。他的诗以描写田园山水而著名。风格朴实，能够寓细致缜密的观察于浑厚的气韵之中。

③大道直如发：语出鲍照《代陆平原君子有所思行》："层阁肃天居，驰道直如发。"

④佳气：温和晴暖的天气。

⑤五陵：长安附近，附近多权贵所居。

⑥双双：言其成群结队。玉珂（kē）：马络头上的装饰物，一般是玉制的，也有用贝制的。

独坐敬亭山^①

李　白

众鸟高飞尽^②，孤云独去闲^③。
相看两不厌^④，只有敬亭山^⑤。

**【注释】

①这首诗作于唐玄宗天宝十二载（753年），李白在长安对朝政极度失望，预感到将有动乱，于是离开长安，第二次来到宣城。诗人用浪漫主义的手法，将敬亭山人格化，写山与人的默默交流，寄托了诗人超脱现实追求内心平静的愿望，含蓄地表达了对社会现实的不满。敬亭山：一名昭亭山，在今安徽省宣城北，东临皖溪，山顶有敬亭，是南齐谢脁吟咏之处。

②高飞尽：群鸟高飞，消失在遥远的天际。

③孤云：片云。闲：悠闲。

④两不厌：山与诗人互不厌烦，情意相随，是拟人的手法。

⑤只有：一作"唯有"。

登鹳雀楼①

王之涣②

白日依山尽③，黄河入海流。
欲穷千里目④，更上一层楼⑤。

【注释】

①这首诗写诗人在登高远望中表现出来的胸襟抱负，展现了昂扬上进、积极进取的精神。鹳雀楼：旧址在今山西永济浦州镇，楼有三层，面对中条山，下临黄河，是唐代河中府名胜，因常有鹳雀栖息其上，所以叫鹳雀楼。

②王之涣（688—742）：盛唐著名诗人。字季陵，并州晋阳（今山西太原）人。他的诗以描绘边塞风光著称。存诗仅六首，但艺术成就很高。

③依：沿着。

④穷：穷尽。千里：很远的地方。

⑤更：再。

观永乐公主入蕃①

孙 逖②

边地莺花少③，年来未觉新④。

美人天上落⑤，龙塞始应春⑥。

【注释】

①诗题一作《同洛阳李少府观永乐公主入蕃》。这首诗吟咏的是永乐公主赐婚给契丹王这件事。诗歌用对比的手法，写永乐公主到蕃地如同仙女降临，会带去无限生机，显示永乐公主的尊贵和人们对她的钦慕。永乐公主：唐玄宗时东平王的外孙女杨氏，开元五年（717年）被封为永乐公主，嫁给当时来朝的契丹王李失活。入蕃：帝王宗室女子出嫁外藩。蕃，古代称少数民族为蕃，此指契丹。

②孙逖（tì，696？—761）：唐代诗人，河南洛阳人。

③边地：边塞之地，这里指契丹。莺花：莺啼花放，泛指春天景色。

④年来：新春到来时。

⑤美人：指永乐公主。

⑥龙塞：龙城，泛指边远地区。春：春意。

春 怨①

金昌绪②

打起黄莺儿③，莫教枝上啼④。

啼时惊妾梦⑤，不得到辽西⑥。

【注释】

①这首诗带有浓郁的民歌气息。诗歌通过写少妇追打啼鸟的痴憨，含

蓄而淋漓尽致地表达出她对远戍边地的丈夫的深切思念。

②金昌绪：唐代诗人，今浙江杭州市人，其他事迹不详。

③打起：赶走。

④莫教：不让。啼：啼叫。

⑤惊：惊醒。妾：谦辞，古代女子自称。

⑥辽西：辽河以西的地方，仅辽宁省中西部，是诗中思妇思念的人的滞留之地。

左掖梨花①

丘 为②

冷艳全欺雪③，余香乍入衣④。
春风且莫定⑤，吹向玉阶飞⑥。

【注释】

①这是一首托物言志诗。诗人以花喻人，用梨花的冷艳洁白比喻自己品行高洁，表达了希望自己得到朝廷重用，能一展才华的美好愿望。

②丘为：嘉兴人，唐代诗人。他擅长五言诗，所写内容大多歌咏田园风物，是盛唐山水田园诗派的诗人之一。左掖（yè）：唐代称门下省、中书省为左掖、右掖，两者都是当时的中央政权机构，设在禁宫附近。

③冷艳：形容梨花洁白夺目，颜色如雪，气度高傲，好像带有寒意。全：完全。欺：压服，超过。

④乍：刚。入衣：沾染到衣服上。

⑤定：停。

⑥玉阶：原指玉石砌成的台阶，这里暗指皇宫。

思君恩①

令狐楚②

小苑莺歌歇③，长门蝶舞多④。
眼看春又去，翠辇不曾过⑤。

【注释】

①这是一首描写宫女幽怨的宫词。诗中通过描写春光流转、岁月飞逝，表现了宫女希望君王驾临的迫切与久盼不至的幽怨心情。君：帝王。

②令狐楚（766或768—837）：字壳士，唐代文学家、诗人。其才思敏捷，能文工诗，尤其擅长写四六文。

③小苑：宫中小园林。歇：停止。

④长门：汉宫名，为汉代武帝皇后失宠后的冷宫。这里借指宫妃幽居的住所。

⑤翠辇（niǎn）：皇帝的车驾，因车上常有翠鸟的羽毛做装饰，所以称为翠辇。过：经过。

题袁氏别业①

贺知章②

主人不相识③，偶坐为林泉④。
莫谩愁沽酒⑤，囊中自有钱⑥。

夜送赵纵①

杨　炯②

赵氏连城璧③，由来天下传④。
送君还旧府⑤，明月满前川⑥。

【注释】

①这首赠别诗别开生面，充满意趣。诗中用和氏璧作喻，恰当贴切地称赞赵纵富于才具，品质高洁，前途无可限量，抒发了依依惜别之情。赵纵：诗人的友人。

②杨炯（650—？）：唐代诗人，"初唐四杰"之一。

③连城璧：价值连城的玉，比喻赵纵人才难得。

④由来：从来。传：传颂。

⑤还旧府：指赵纵回赵。

⑥满：照满，洒满。川：平野，平地。

竹里馆①

王 维

独坐幽篁里②，弹琴复长啸③。
深林人不知，明月来相照。

【注释】

①这首诗是《辋川集》之一。诗人用白描的手法，描绘出一个空明澄净、清幽绝俗的境界，抒发了闲适自得、了无杂念的感情。竹里馆：王维建在辋川的别馆。

②幽篁（huáng）：幽深的竹林。篁，竹林。

③复：又。长啸：撮口发出长而清晰的声音，古代雅士常借此抒情。

送朱大入秦①

孟浩然

游人五陵去②，宝剑值千金③。
分手脱相赠④，平生一片心⑤。

【注释】

①这是一首以送别为题材的绝句。诗人化用了战国时期吴季札以宝剑相赠友人的典故，表达了对友人的期许、勉励之情。朱大：诗人友人，生平事迹不详。

②游人：朱大。五陵：长安附近，当时豪侠多在此居住。去：

到……去。

　　③值千金：价值千金，是夸张的手法，说明很珍贵。

　　④分手：分别。脱：摘下。

　　⑤平生：平素，往常。

长干行①

崔　颢

君家何处住②，妾住在横塘③。
停船暂借问④，或恐是同乡⑤。

【注释】

　　①诗题一作《长干曲》，乐府杂曲歌词名。诗歌用白描的手法，以对话的形式写出江上女子主动结识一陌生男子的大胆、天真与狡黠。一说是女子遇到同乡的羞涩与娇憨。长干：长干里，在今江苏南京秦淮河南，古时送别之地。

　　②君：敬称，您。

　　③妾：女子的自称，表达对对方的尊重。横塘：地名，在秦淮河南岸，靠近长干里。

　　④暂：暂且。借问：请问。

　　⑤或恐：恐怕是。

咏　史①

高　适②

尚有绨袍赠③，应怜范叔寒④。

不知天下士⑤，犹作布衣看⑥。

【注释】

①这首诗借须贾和范雎绨袍相赠的故事，托古喻今，鞭挞了须贾的平庸，赞颂了范雎的美德，抒发自己郁郁不得志的苦闷。咏史：借历史事实或历史人物来抒发情感。

②高适（约700—765）：字达夫，郡望渤海（今属河北），是唐代著名诗人，与李白、杜甫相交。高适的诗歌题材广泛，感情深挚，意气骏爽，语言端直，笔力浑厚，是盛唐边塞诗风的杰出代表，与岑参齐名。

③绨（tí）袍：粗绨做的袍子。绨，丝织品。

④范叔：范雎，字叔。据《史记·范雎蔡泽列传》记载，范雎曾是战国时期魏国中大夫须贾的门客。须贾在魏王面前毁谤他，他挨打后被卷入竹席，扔进厕所。幸而被人救出，于是化名张禄，逃往秦国，不久做了丞相。秦国打算攻打魏国，须贾奉命阻止秦兵。范雎穿着破衣求见他。须贾见他如此贫寒，就送他一件绨袍。当他发现范雎就是秦相张禄时，立即前往谢罪。范雎因为有绨袍之事，便没有杀他。

⑤天下士：这里指杰出人才。士，古代读书人的通称。

⑥犹：还。布衣：平民百姓。

罢相作①

李适之②

避贤初罢相③，乐圣且衔杯④。
为问门前客⑤，今朝几个来。

【注释】

①这是诗人被李林甫陷害，罢相之后所作的诗。诗中用反语、双关、对比的修辞方法，写出心中的不平、世态炎凉和对趋炎附势者的鄙视。罢

相作：罢免丞相职位后所作的诗歌。

②李适之（？—747）：一名昌，李唐宗室。李适之喜欢与宾客宴饮，每次可以喝一斗多不醉。他夜晚饮酒，白天处理政事却不误工作。在杜甫《饮中八仙歌》中，李适之与贺知章、李琎、崔宗之、苏晋、李白、张旭、焦遂为饮中八仙。

③避贤：让贤，让位于李林甫，这是讽刺的手法。

④乐圣：爱酒。

⑤为问：询问。门前客：以前任丞相时登门拜访的宾客。

逢侠者①

钱　起

燕赵悲歌士②，相逢剧孟家③。
寸心言不尽④，前路日将斜⑤。

【注释】

①这是诗人遇到侠士剑客一类的人物所作的诗歌。诗中化用典故写自己与侠客一见如故，又匆匆作别，抒发了依依惜别的友情，流露了对豪侠生活的向往。侠者：侠客。

②燕赵：战国时两个诸侯国，在现在的河北省一带。悲歌士：激昂慷慨的侠士。古人认为燕赵多出豪侠，有"燕赵多慷慨悲歌之士"的说法。

③剧孟：西汉侠士，洛阳人。

④寸心：因心位于胸中方寸之地，所以叫寸心。

⑤日将斜：指天色将晚。

江行望匡庐^①

钱　起

咫尺愁风雨^②，匡庐不可登^③。
只疑云雾窟^④，犹有六朝僧^⑤。

【注释】

①这首诗是《江行无题一百首》之一。全诗紧扣"望"字，写出庐山可望而不可即的怅惘，抒发了久经战乱的诗人对方外生活的向往。

②咫（zhǐ）尺：比喻很近。咫，古代称八寸为咫。

③匡庐：庐山，在今江西省九江市南边。据说此山原名为南障山，周朝匡俗曾在这里隐居，周定王征召不出，派人访求，已成仙而去，仅剩下小屋，后人称此山为庐山、匡山。庐，小屋。

④云雾窟：云雾笼罩的山顶小屋。

⑤六朝：222—589年间，建都于建康（今江苏南京）的东吴、东晋、宋、齐、梁、陈六个朝代。六朝时佛教盛行，僧人多在名山胜水处居住。

答李浣^①

韦应物

林中观易罢^②，溪上对鸥闲。
楚俗饶词客^③，何人最往还^④。

【注释】

①这是一首诗人和朋友的唱和应酬诗。诗中记叙了自己的生活和对友人的关心，表现了内心的闲适，抒发了自己的高雅志趣和对友人的关切之情。李澹：诗人朋友，在楚地为官任满返回，曾写诗赠韦应物，所以韦应物写此诗酬答。

②易：《周易》，又称《易》《易经》，儒家经典著作之一。罢：完。

③楚：春秋战国时期诸侯国名，在今湖北一带。饶：多。词客：诗人。

④最往还：来往最多。往还，往来。

秋风引①

刘禹锡

何处秋风至②，萧萧送雁群③。
朝来入庭树④，孤客最先闻⑤。

【注释】

①秋风引：乐府琴曲歌词的一种。这首诗抒发了秋风至时诗人所见所闻所感。诗中描写了秋天来时物候的变化，抒发了诗人的羁旅之思。

②何处：什么地方，从什么地方来的。至：来到。

③萧萧：风吹草木声。

④入庭树：吹动了庭院里的树木。

⑤孤客：羁旅在外的人。闻：听到，听见。

秋夜寄丘员外^①

韦应物

怀君属秋夜^②，散步咏凉天^③。
山空松子落，幽人应未眠^④。

【注释】

①诗题一作《秋夜寄丘二十二员外》。这是一首秋夜怀友诗。诗人写秋夜怀念隐居的游人，设想友人也在深夜思念自己，抒发了对游人的真挚、深切的感情。丘员外：即丘丹，诗人丘为的弟弟。

②怀君：怀念您。属：正当。

③咏：歌咏。凉天：秋天。

④幽人：隐士，此处指丘丹。应：应该。

秋　日^①

耿　沣^②

返照入闾巷^③，忧来谁共语^④。
古道少人行^⑤，秋风动禾黍^⑥。

【注释】

①这是一首触景生情的秋日感怀诗。诗歌通过描绘夕阳、古道、悲风，营造出浓浓的秋意，表现了诗人的孤独寂寞，抒发了悯时伤乱的感情。

②耿沣（wéi）：字洪源，唐代诗人。他与钱起、卢纶、司空曙诸人齐名，为"大历十才子"之一。

③返照：夕阳余晖，落日斜照。闾（lǘ）巷：街道。

④忧来：一作"愁来"。谁共语：说给谁听。

⑤古道：古老的道路。也可理解为古代崇尚的节操风义。

⑥禾黍（shǔ）：谷子、小米之类的农作物。黍离之悲或禾黍之悲是凭吊兴亡感慨的代名词。

秋日湖上①

薛　莹②

落日五湖游③，烟波处处愁④。
浮沉千古事⑤，谁与问东流。

【注释】

①这首诗描绘了太湖的满目苍茫，诗人借此发思古之幽情，表现出对世事无常的厌倦，对日益衰败的唐王朝的伤感。

②薛莹：唐代诗人。

③五湖：这里指太湖。

④烟波：烟雾笼罩的水面。

⑤浮沉：胜败兴亡。太湖一带是战国时期吴越争霸的地方，后又有六朝争雄。

宫中题①

李 昂②

辇路生秋草③，上林花满枝④。
凭高何限意⑤，无复侍臣知。

【注释】

①这首诗的诗人是唐代的文宗皇帝。他即位后，力图改变宦官专权的局面，但是没有成功，反被囚禁，历史上称这次事件为"甘露之变"。此后宦官更加专权跋扈，文宗心中异常苦闷，这首诗便是这种心境的写照。诗歌以平淡朴素的语言，抒发诗人沉重而忧郁的感情，反映了一位想要有所作为但惨遭囚禁的年轻君王的沮丧与无奈。

②李昂（809—840）：唐文宗，为穆宗第二子。

③辇（niǎn）路：辇道，宫中专供帝王车驾行走的道路。

④上林：古代宫苑，秦定都咸阳时置，汉初荒废，汉武帝时扩建，周围二百多里，故址在今陕西省西安市西至周至、户县界，这里借指唐禁内花园。

⑤凭高：登高远望。

寻隐者不遇①

贾 岛

松下问童子②，言师采药去③。
只在此山中④，云深不知处⑤。

【注释】

①这首诗用问答的形式，写出拜访隐士不遇的情形，同时描绘出隐士所在的幽深广阔的环境，衬托出隐士的高雅志趣。寻：寻访。隐者：隐居的人。不遇：没有见到。

②童子：隐者的童仆。

③言：说，回答。

④只：只是，就。

⑤不知处：不知道在什么地方。

汾上惊秋①

苏　颋②

北风吹白云，万里渡河汾③。
心绪逢摇落④，秋声不可闻⑤。

【注释】

①这首诗借景抒情，情景相生，风格雄健而意境苍凉，描写了萧瑟凄凉的秋景以及诗人颠沛流离的生活。汾上：汾河上。汾河，又称汾水，在今山西省南部。

②苏颋（tǐng，670—727）：字廷硕，京兆武功（今属陕西）人。他的诗骨力高峻，韵味深醇。

③河汾：汾河，这里是指汾河流入黄河的入河口。河，黄河。

④心绪：心境，心情。逢：遇见，碰到。摇落：凋残，零落，喻指秋天。

⑤不可闻：不忍听。

蜀道后期①

张 说②

客心争日月③，来往预期程④。
秋风不相待⑤，先至洛阳城。

【注释】

①这是诗人离家在外所写的诗。诗歌用拟人的手法，通过对秋风的轻轻责备，写出游子归心似箭的心情以及误期的懊恼。后期：失期，晚于预定的时间。

②张说（667—731）：唐代文学家，字道济，一字说之。谥号文贞。

③客心：客居他乡的人的心情。争日月：争夺时间，抢时间。

④预期程：预先设计路途所需时间。

⑤不相待：不肯等待。

静夜思①

李 白

床前明月光，疑是地上霜②。
举头望明月③，低头思故乡。

①这首小诗表达了诗人在寂静的月夜思念家乡的感受。诗歌的语言简练、朴实，一气呵成，勾勒出一幅月夜思乡图。静夜思：指在幽静的夜晚对家乡的思念。

②疑：疑心，怀疑是。

③望：一作"看"。

秋 浦 歌①

李 白

白发三千丈②，缘愁似个长③。

不知明镜里，何处得秋霜④。

【注释】

①《秋浦歌》共十七首，这是第十五首。诗歌用自问自答的形式，浪漫主义的手法将内心积蓄极深的苦闷心情宣泄出来。秋浦：唐时县名，属池州，在今安徽贵池县西，境内有秋浦湖。

②三千丈：夸张的手法，形容愁绪之绵长。

③缘：因为。个：这样。

④何处：何时。秋霜：形容头发像秋霜一样白。

赠乔侍御①

陈子昂②

汉廷荣巧宦③，云阁薄边功④。

可怜骢马使⑤，白首为谁雄⑥。

①诗题一作《题祀山烽树赠乔十二侍御》。这是一首讽喻诗。诗歌借汉代桓典之事，抒发了对唐朝不重视贤良、赏罚不公的不满和愤激，表达了对乔侍郎怀才不遇的深切同情。乔侍御：即诗人乔知之，时任御史。

②陈子昂（659—700）：字伯玉，唐代诗人。他的诗歌反对齐梁风气，推崇汉魏风骨，是唐朝诗风转变的关键人物之一。

③汉廷：这里借指唐朝。荣：荣耀。巧宦：善于钻营的官员。

④云阁：云台、麒麟阁，汉代悬挂名将功臣图像的地方。薄：轻视。边功：镇守边关的功臣。

⑤可怜：可叹。骢（cōng）马使：汉桓典为御史，有威名，常骑骢马，人称骢马御史，这里借指戍守边地的将领。

⑥为谁雄：为谁而称雄，意思是说，一片雄心无法舒展。

答武陵太守①

王昌龄

仗剑行千里②，微躯敢一言③。
曾为大梁客④，不负信陵恩⑤。

【注释】

①诗题一作《答武陵田太守》。诗歌将武陵田太守比作战国时代的魏公子，将自己比作魏公子门下食客，委婉地表达了自己的敬意和知恩图报的思想。武陵：五岭郡，在今湖南省常德市。太守：唐代郡的最高行政长官。

②仗剑：持剑，拿着剑。

③微躯：微贱的躯体，谦辞，诗人自称。敢一言：斗胆进言，冒昧地进言。

④大梁客：战国时魏国侠士侯赢，原来是看守大梁（魏都，今河

南省开封市）东门的官吏，后来受到信陵君魏公子无忌的赏识，待为上宾。后来秦兵围赵，赵向魏求救，魏王按兵不动。侯嬴为无忌谋划窃取兵符救赵，解得其围。这里诗人以侯嬴自许，暗喻自己知恩必报，不会辜负武陵太守的恩德。

⑤信陵：信陵君魏公子无忌，这里将武陵太守比作信陵君。

行军九日思长安故园①

岑 参

强欲登高去②，无人送酒来③。
遥怜故园菊④，应傍战场开⑤。

【注释】

①这是一首以重阳节为题材的五言绝句，诗歌通过描写重阳节的无绪，表达了对国计民生的关切之情。九日：九月九日重阳节。

②强欲：勉强要。登高：旧时风俗，重阳节携亲友登高、饮酒、赏菊。

③送酒：暗用陶渊明的事。《南史·陶渊明传》记载，陶渊明素喜饮酒，家贫，重阳无酒，空坐菊花丛中。太守王弘知道后，叫人给他送酒。

④怜：怜惜。

⑤应傍：应该挨着。

婕妤怨①

皇甫冉②

花枝出建章③，凤管发昭阳④。

借问承恩者⑤，双蛾几许长⑥。

【注释】

①这是一首咏史诗。诗歌借描写汉代婕妤的哀怨，表现了失宠宫女的哀怨，批判了君恩不公的社会现实，抒发了诗人怀才不遇的愤懑。婕妤（jié yú）怨：乐府旧题。婕妤，妃嫔的称号，汉成帝妃子班婕妤，失宠后曾写有《怨歌行》（又作《怨诗》）抒写其苦闷与忧愤。

②皇甫冉（约717—约770）：字茂政，唐代著名诗人，"大历十才子"之一。他的五七律诗风格清丽，为人所重。

③花枝：美人，指得宠的嫔妃。出：出现，显露。建章：汉宫殿名，在未央宫西面。

④凤管：笙箫或笙箫之乐的美称。发：发出。昭阳：汉宫名，在未央宫中。

⑤承恩：受皇帝宠爱。

⑥双蛾：古代称女子眉毛为蛾眉，并以眉毛细长为美。几许：几多，有多长。

题竹林寺①

朱　放②

岁月人间促③，烟霞此地多④。
殷勤竹林寺⑤，更得几回过⑥。

【注释】

①这首诗借景抒怀，借对竹林寺的留恋，委婉含蓄地抒发了思古之幽情和对竹林七贤等古代隐士生活方式的向往，流露出对社会现实的不满。竹林寺：寺名，在庐山仙人洞旁，是晋代竹林七贤的游赏之处。一说是江苏丹徒的竹林寺。

②朱放（？—788?）：字长通，唐代诗人。他的诗风度清越，神情萧散。

③岁月：时光。促：短促，短暂。

④烟霞：山水景物。

⑤殷勤：亲切，流连眷恋之情。

⑥更得：再得，再能够。过：拜访。

三闾庙①

戴叔伦②

沅湘流不尽③，屈子怨何深④。
日暮秋风起，萧萧枫树林。

【注释】

①这是一首凭吊屈原的诗。诗歌以深沉凄婉的笔调，描绘了屈原庙冷落凄凉的情景，抒发了对屈原不幸遭遇的深切同情。三闾庙：屈原庙，故址在今湖南汨罗县境内。屈原是战国时楚人，曾做左徒、三闾大夫等官。后来屈原因受谗被流放到沅湘一带，自沉于汨罗江。

②戴叔伦（732—789）：唐代诗人。字幼公，一字次公。一说名融，字叔伦。戴叔伦为"大历十才子"之一，作品以反映农村生活见长，大多采取七言歌行的形式，是白居易新乐府体的先声。

③沅湘：湖南的沅江、湘江。流不尽：流淌不完。

④屈子：屈原。怨：哀怨，悲怨。何深：何其深。

易水送别^①

骆宾王^②

此地别燕丹^③，壮士发冲冠^④。
昔时人已没^⑤，今日水犹寒。

【注释】

①诗题一作《于易水送人》。此诗借荆轲易水别燕丹的史实，抒发了诗人易水别友人的无限凄楚以及古今同悲的深沉感慨。易水：水名，发源于河北省易县。

②骆宾王（约638—？）：字观光，婺州义乌（今属浙江）人，唐代诗人，与王勃、杨炯、卢照邻为"初唐四杰"，又与富嘉谟并称"富骆"。

③燕丹：燕太子丹。

④壮士：指荆轲。发冲冠：愤怒得头发直竖，将帽子顶起来。

⑤没：亡故。

别卢秦卿^①

司空曙^②

知有前期在^③，难分此夜中^④。
无将故人酒^⑤，不及石尤风^⑥。

【注释】

①诗题一作《留卢秦卿》。这是一首临别赠友诗，诗中写出了与友人的难舍难分的感情。

②司空曙：字文明，一说字文初，洺州（今河北永年）人，唐代诗人，"大历十才子"之一，又是同为"大历十才子"的卢纶的表兄。其诗多赠别、羁旅之作，善于表现异乡流落之感和穷愁失意之情，诗风"婉雅闲淡，语近性情"（《唐音癸签》卷七），意蕴深长。

③前期：前约，约定以后见面的时间。

④难分：难以割舍，不忍别离。

⑤无将：莫使，不要用。故人：老朋友。

⑥石尤风：逆风。《江湖纪闻》中记载，一位姓石的女子嫁给一位姓尤的商人，丈夫在外经商，一直没有回家。妻子忧郁成疾，临终前叹息说："没有阻止他出去，是我终生的遗憾。今后如果有商船远行的话，我都会化作大风阻止它。"

答　人①

司空曙 太上隐者②

偶来松树下，高枕石头眠。
山中无历日③，寒尽不知年。

【注释】

①诗歌描写了一位无忧无虑的山中隐士远离尘世烦扰、悠闲舒适的生活，含蓄地抒发了对社会现实的不满。答人：回答别人的问话。据说人们对一位追求闲适恬淡生活的隐者好奇，就当面问他的姓名，他笑而不答，写了这首诗作为回答。

②太上：太古、远古时代，相传那时人们生活在一个理想社会中。

③历：日历。

卷四　五津

幸蜀回至剑门①

李隆基②

剑阁横云峻③，銮舆出狩回④。

翠屏千仞合⑤，丹嶂五丁开⑥。

灌木萦旗转⑦，仙云拂马来。

乘时方在德⑧，嗟尔勒铭才⑨。

【注释】

①这首诗是天宝十五年（757年），唐玄宗出逃蜀中，于第二年回长安途中所作。诗歌联系神话传说写剑门的险峻，进而提出治国之道在于德政而不能依靠地势的险峻，反映了诗人对治国方略的反思。幸蜀：到达四川，指安史之乱中到四川避难，是委婉的说法。幸，古代称帝王到某处为幸。蜀，四川。剑门：剑门关，又名剑阁，在今四川省剑阁县东北，得名于剑门山，是大剑山和小剑山之间的栈道，三国时诸葛亮所建，关口险峻，有"一夫当关，万夫莫开"之说。

②李隆基（685—762）：即唐玄宗，是睿宗李旦第三子。他是唐朝在位时间最长的皇帝，多才多艺，精通音律，工书法。

③横云峻：形容剑门关极高，横过云层。峻，高峻。

④銮（luán）舆：皇帝的车驾。出狩：皇帝离开京师到外地巡守，又称作巡守，这里是李隆基对自己出逃的一种委婉说法。

⑤翠屏：绿色的屏风。千仞：形容山势高峻。仞，古代长度单位，一仞约为现在的八尺。

⑥丹嶂：赤红色的像屏障一样直立的陡峭山崖。五丁：出自《水经注·沔水》："秦惠王欲伐蜀而不知道，作五石牛，以金置尾下，言能屎金，蜀王负力，令五丁引之成道。"五丁后来喻指功勋卓著的功臣名将。

⑦萦：绕。

⑧乘时方在德：《史记》中吴起说魏国的宝"在德不在险"。乘时，顺应时势。

⑨嗟尔：赞叹你们。一说"尔"指张载。勒铭才：称赞随侍大臣们有张载一样的才华。张载：字孟阳，晋代人。张载高雅博学，与弟张协、张亢俱有文名，世称"三张"。张载有《剑阁铭》，其中有"兴实在德，险亦难恃"。勒铭，刻石记功。

和晋陵陆丞早春游望①

杜审言②

独有宦游人③，偏惊物候新④。

云霞出海曙⑤，梅柳渡江春。

淑气催黄鸟⑥，晴光转绿蘋⑦。

忽闻歌古调⑧，归思欲沾巾⑨。

【注释】

①诗题一作《和晋陵陆丞相早春游望》，是一首和诗。诗歌描绘了江南明媚的春景，表现了宦游在外的人对物候变化的敏锐感受，抒发了诗人深切的思乡之情，同时称颂了陆丞诗格调高古，富于艺术感染力。诗歌语言清丽，别有情致。晋陵：县名，昆陵郡治所，在今江苏常州。

②杜审言（约645—708）：字必简，祖籍襄州襄阳（今属湖北）。与李峤、崔融、苏味道为"文章四友"。他的诗以浑厚见长，精于律诗，尤工五律，与同时的沈佺期、宋之问齐名。他对律诗的定型做出了杰出的贡献，由此也奠定了他在诗歌发展史中的地位。

③宦游：在外做官的人。

④偏：特别。惊：这里指敏感。物候：自然界显出季节变化的现象。

⑤曙：曙光。

⑥淑气：温暖的气候。

⑦晴光：晴朗的阳光。蘋：浮萍，蕨类植物，多年生水草，又名田字草。

⑧古调：古时传统曲调，这里指陆丞的《早春游望》。

⑨归思：思乡的念头。沾巾：流泪。

蓬莱三殿侍宴奉敕咏终南山①

杜审言

北斗挂城边②，南山倚殿前③。

云标金阙迥④，树杪玉堂悬⑤。

半岭通佳气⑥，中峰绕瑞烟。

小臣持献寿⑦，长此戴尧天⑧。

【注释】

①这首诗是为皇帝诞辰而作的应制诗。诗歌以终南山为比较对象，写其祥云笼罩，然而比终南山更为高峻的却是皇宫，即使是北斗星也没有它高远，显示出皇宫的雄伟壮丽，同时表达了诗人愿世代昌宁如同帝尧时代的美好愿望。蓬莱三殿：唐大明宫内麟德殿。奉敕（chì）：奉皇帝之命写诗。终南山：在今陕西省西安市南。

②北斗：北斗星。

③南山：终南山。倚：依靠。

④云标：云端。金阙：皇宫，指其富丽堂皇。迥（jiǒng）：高远。

⑤树杪（miǎo）：树梢。玉堂：本为汉代宫殿，这里泛指宫殿。悬：悬挂。

⑥半岭：半山腰。

⑦小臣：诗人自称。持：持酒。献寿：祝寿。

⑧戴：头顶着，引申为生活在什么情况下。尧天：如同尧帝时代一样

的太平盛世。

春夜别友人①

陈子昂

银烛吐清烟②，金尊对绮筵③。
离堂思琴瑟④，别路绕山川⑤。
明月隐高树，长河没晓天⑥。
悠悠洛阳去⑦，此会在何年⑧。

【注释】

①这首诗是诗人准备离开故乡，前往洛阳时，友人为他饯行时所作。一说作于中宗文明元年（684年），诗人离蜀赴洛阳应试时。诗歌按照由内到外的次序描绘了一个即将远行的人眼中所见，抒发了诗人即将与友人分别的依依不舍之情，设想离别后路途的遥远，更增加了分别时的惆怅，并表达了对重逢的期待。

②银烛：白色蜡烛。

③金尊：酒樽的美称，精美的酒杯。绮筵（qǐ yán）：丰盛的宴席。

④离堂：设宴饯别的客厅。琴瑟：指朋友宴饮之乐。

⑤别路：朋友分别后踏上的路程。绕：环绕。

⑥长河：银河。

⑦悠悠：遥远，漫长。

⑧此会：这样的聚会。

长宁公主东庄侍宴①

李 峤②

别业临青甸③，鸣銮降紫霄④。

长筵鹓鹭集⑤，仙管凤凰调⑥。

树接南山近⑦，烟含北渚遥⑧。

承恩咸已醉⑨，恋赏未还镳⑩。

【注释】

①这首诗是诗人跟随中宗游览长宁公主的庄园，奉命而作的应制诗。全诗用铺陈夸张的手法极力渲染了长宁公主别墅的豪奢胜景以及皇帝驾临的盛况。

②李峤（约645—约714）：字巨山，唐代文学家。李峤文学造诣很深，诗歌大多是咏物之作，与苏味道合称"苏李"，又与苏味道、崔融、杜审言并称"文章四友"，晚年被尊为文章宿老。

③别业：别墅。青甸：青色的郊原。

④銮（luán）：皇帝车驾上用的铃。紫霄：本指天，此指皇宫。

⑤长筵：长排的宴席。鹓（wǎn）鹭：本为两种鸟名，因为飞行有序，所以用来比喻百官朝见皇帝时秩序井然。

⑥仙管：管乐的美称。凤凰调：形容音调优美，像凤凰鸣叫。

⑦南山：终南山。

⑧渚（zhǔ）：水中陆地。遥：遥远。

⑨承恩：蒙受恩典。咸：全、都。

⑩恋赏：流连玩赏。还镳（biāo）：返回。镳，马嚼子，这里代指马。

恩赐丽正殿书院赐宴应制得林字①

张　说

东壁图书府②，西园翰墨林③。

诵诗闻国政④，讲易见天心⑤。

位窃和羹重⑥，恩叨醉酒深⑦。

载歌春兴曲⑧，情竭为知音⑨。

【注释】

①这首诗是诗人奉唐玄宗之命，以"林"为韵脚所做的应制诗。诗歌通过写丽正殿书院的结构、作用，抒发了自己作为宰相监管书院的欣喜与感激之情，表达了自己将不辜负皇帝的厚爱竭力而为的决心。丽正殿书院：即丽正书院，唐玄宗开元十三年（725年）建，是帝王读书的地方。制：古代称皇帝的命令为制。得林字：押林字韵。

②东壁：二十八星宿之一，由飞马座和仙女座组成，古人认为它是掌管天上文章图书的秘府，后世称皇家藏书秘府为东壁。

③西园：三国时魏国园林，曹丕、曹植与建安七子等文人多在此筵集赋诗，后世称为西园雅集。翰墨：笔墨，这里指文人雅士。

④诗：《诗经》。闻：从中听到。国政：国家政事，治国道理。

⑤易：《易经》。天心：天意。

⑥位窃：诗人自谦的说法，指自己在做官。和羹：调和羹汤，比喻宰相辅佐皇帝理政。重：重大。

⑦恩叨：即叨恩，受到恩惠。

⑧载：乃，就。春兴曲：充满春意的曲子，指本诗。

⑨情竭：尽情。知音：知己，知遇，这里指唐玄宗。

送友人①

李 白

青山横北郭②，白水绕东城③。

此地一为别，孤蓬万里征④。

浮云游子意⑤，落日故人情⑥。

挥手自兹去⑦，萧萧班马鸣⑧。

【注释】

①这是一首充满诗情画意的送别诗。诗歌以孤蓬、浮云作比喻，形象地写出了游子的孤苦无依、飘浮不定。又以落日为喻，生动地写出诗人对友人依依惜别的深情，班马长嘶，进一步渲染了离愁别绪。

②横：横贯。郭：外城；古人称城外为郭，郭外为郊，郊外为野。

③白水：清澈的河水。

④蓬：蓬草，又名飞蓬，枯后根断，遇风飞舞，多用来比喻漂泊在外的旅人。

⑤游子：旅居他乡的人。

⑥故人：老朋友，指诗人自己。

⑦兹：此。

⑧萧萧：马鸣声。班马：离群的马，此指离别的马。班，别。

送友人入蜀①

李白

见说蚕丛路②，崎岖不易行③。

山从人面起④，云傍马头生。

芳树笼秦栈⑤，春流绕蜀城。

升沉应已定⑥，不必问君平⑦。

【注释】

①这是一首以描绘蜀山奇美景观著称的抒情诗。诗中借用神话传说，描绘了蜀山的悬崖峭壁，突出了蜀道的崎岖和艰险，流露出诗人对友人的关切之情；同时，也寄寓了诗人的失意之情。入蜀：到蜀地（今四省川）去。

②见说：听说。蚕丛：古蜀国国王，借指蜀地。

③崎岖：形容道路高低不平。

④起：拔地而起。

⑤笼：笼罩。秦栈：秦时的栈道，这里是说栈道的古老。栈，在陡岩峭壁之上凿岩架木，上铺木板以通行。

⑥升沉：宦途得失。

⑦君平：汉代严遵，字君平，隐居成都，以占卜为生。

次北固山下^①

王 湾^②

客路青山外^③，行舟绿水前。

潮平两岸阔^④，风正一帆悬^⑤。

海日生残夜^⑥，江春入旧年^⑦。

乡书何由达^⑧，归雁洛阳边^⑨。

【注释】

①诗题一作《江南意》。诗歌描绘出江南壮阔的美景，借鸿雁北飞抒发了客子淡淡的思乡愁绪。

②王湾：唐代诗人。次：到，停留。北固山：在今江苏省镇江市北，下临长江，与焦山、金山并称京口三山。

③客路：大路，旅途。

④潮平：江水高涨而又平静。两岸阔：一作"两岸失"。

⑤风正：指顺风。悬：张悬。

⑥海日：朝阳从海上升起。残夜：夜尽时，天快亮的时候。

⑦入旧年：指春暖早到节令交替。旧年，过去的一年。

⑧乡书：家信。何由达：由谁传递。

⑨归雁：我国古代有鸿雁传书的说法。

苏氏别业^①

祖　咏^②

别业居幽处^③，到来生隐心^④。

南山当户牖^⑤，澧水映园林^⑥。

竹覆经冬雪，庭昏未夕阴^⑦。

寥寥人境外^⑧，闲坐听春禽。

【注释】

①这首诗极力渲染了别墅清幽、雅致的环境，反映出诗人欲归隐闲居的主题。

②祖咏，唐朝诗人，洛阳（今河南）人。他与王维交情颇深，往来酬唱频繁。他的诗作以描写隐逸生活、山水风光为主，辞意清新、文字洗练，是盛唐山水田园诗派代表人之一。

③幽处：幽静的地方。

④隐心：隐居之心。

⑤南山：终南山。当：对着。户牖（yǒu）：门窗。

⑥澧（fēng）水：又作"丰水"，渭水的支流，发源于终南山。

⑦未夕：还未到黄昏。

⑧寥寥（liáo）：空寂，人迹罕至。

春宿左省^①

杜 甫

花隐掖垣暮^②，啾啾栖鸟过^③。
星临万户动^④，月傍九霄多^⑤。
不寝听金钥^⑥，因风想玉珂^⑦。
明朝有封事^⑧，数问夜如何^⑨。

【注释】

①诗人作这首诗时任左拾遗。诗歌描写了诗人门下省值夜班时从傍晚到深夜直至清晨的见闻感受，表现了诗人的小心谨慎和忠君爱国之情。宿：值宿，值夜班。左省：左掖，古时称门下省为左掖，在皇宫东边，临近左掖门。

②掖垣（yè yuán）：皇宫的旁垣，偏殿的短墙，也用来称中书、门下两省，这里指门下省。

③啾啾（jiū）：鸟鸣声。

④星临：星光下照。动：灿然欲动。

⑤九霄：九天，天的最高处，这里指宫殿。

⑥金钥：本指门上的钥匙，这里指开宫门的钥匙声。

⑦珂：马饰物，马铃。

⑧封事：臣下上书奏事，防有泄漏，用黑色袋子密封，防止泄密。

⑨数问：多次问。夜如何：夜色将近了吗。

题玄武禅师屋壁①

杜 甫

何年顾虎头②，满壁画沧州③。

赤日石林气，青天江海流④。

锡飞常近鹤⑤，杯渡不惊鸥⑥。

似得庐山路，真随惠远游⑦。

【注释】

①这首诗是诗人在观赏了玄武禅师寺中的壁画后，一方面再现壁画的内容，一方面抒发观画后的感想。玄武禅师：玄武庙中的僧人。禅师，是对和尚的尊称。玄武，山名，又名宜君山、三嵎山，在玄武县（今四川省中江县）东二里处，一说是大雄山玄武庙。

②顾虎头：东晋著名画家顾恺之。

③沧州：滨水的地方。

④青天：蓝天。

⑤锡飞常近鹤：这是一个典故。《高僧传》记载，舒州潜山风光奇绝，梁高僧宝至和白鹤道人都想到那里住。梁武帝知道后，就让他们各带自己的法宝一比高低。于是白鹤道人放鹤先飞，宝至随后将锡杖抛向空中。待白鹤飞到时，锡杖已经先立到山上了。最后梁武帝分别在鹤杖所停的地方建立了寺院和道观。锡，锡杖，僧人化缘时用来叩门的拄杖，顶头装着锡环。

⑥杯渡：以木杯渡海。后喻指高僧。真随：真愿意跟随。

⑦惠远：东晋高僧，曾在庐山修行，与陶渊明有交往。这里以惠远比玄武禅师，以陶渊明自比。

终南山①

王 维

太乙近天都，连山到海隅②。
白云回望合，青霭入看无③。
分野中峰变④，阴晴众壑殊⑤。
欲投人处宿⑥，隔水问樵夫。

【注释】

①这首诗描绘了终南山的巍峨壮丽、白云青霭的万千气象，表达了诗人的赞赏之情。

②"太乙"以下两句：用夸张的手法写终南山的高大雄伟，绵延不绝。太乙，又名太一，终南山的别名，是秦岭主山峰之一，西起今甘肃省天水市，东至今河南陕县。天都，天帝所居之处，近天都说其高峻。海隅，海边。终南山并不到海边，这里是夸张的说法。

③"白云"以下两句：传神地描写出登山时观察到的奇特的云雾景观。回望，四面瞭望。青霭（ǎi），青色云气。入，接近，进入。

④分野：我国古代天文学家把天上的星宿和地上的区域联系起来，地上的某一区域都划定在星空的某一范围之内，称为分野。中锋：指主峰太乙。

⑤壑（hè）：山谷。殊：不同。

⑥投：投奔。人处：有人居住的地方。

寄左省杜拾遗①

岑 参

联步趋丹陛②，分曹限紫薇③。

晓随天仗入④，暮惹御香归⑤。

白发悲花落，青云羡鸟飞⑥。

圣朝无阙事⑦，自觉谏书稀⑧。

【注释】

①这首诗是投赠友人杜甫的。诗中描写了谏议官左拾遗的官场生活。然后自伤迟暮，无法尽力，规劝别人继续进取。也有人认为这首诗在貌似歌功颂德的言辞中，寄寓了对君王文过饰非的失望与不满。左省：门下省，因在宫殿左侧而得名。杜拾遗：杜甫，任左拾遗之职。

②联步：同步，并行，这里是说自己与杜甫一起上朝。趋：小步而行，表示上朝时的敬意。丹陛（bì）：宫中的红色台阶，借指朝廷。

③分曹：分班，各立左右。限：界限。紫薇：紫薇省，即中书省，诗人时任右补阙，属中书省，杜甫任左拾遗，属门下省，一左一右，分班办公。

④天仗：皇帝的仪仗。

⑤惹：沾染，带着。御香：朝会时金殿上的炉香。

⑥青云：比喻高官显爵，以鸟飞青云比喻杜甫很快就要得到显贵的官职。

⑦圣朝：圣明的朝代，说当世。阙事：缺点，过失。阙，同"缺"。补阙和拾遗都是谏官，意思就是以讽谏弥补皇帝的缺失。

⑧谏书：规劝皇帝的上书。稀：少。

登总持阁①

岑 参

高阁逼诸天②，登临近日边。

晴开万井树③，愁看五陵烟。

槛外低秦岭④，窗中小渭川⑤。

早知清净理⑥，常愿奉金仙⑦。

【注释】

①这是一首登高抒怀的诗。诗歌从多个角度用夸张的手法描绘总持阁的高大以及登临后感受到的超脱境界。总持阁：总持寺阁，故址在终南山上。总持，是佛教用语，意思是持善不失，持恶不生，无所缺漏。

②逼：迫近。诸天：佛教术语，指众神佛居住的地方。诸，也可解作之于、于。天，天空。

③井：指长安街道四方如井。

④槛：栏杆。

⑤渭川：渭水。

⑥清净理：佛教中所说的远离罪恶与烦恼的禅理。

⑦奉：侍奉。金仙：用金色涂抹的佛像。

登兖州城楼①

杜 甫

东郡趋庭日②，南楼纵目初③。

浮云连海岱④，平野入青徐⑤。

孤嶂秦碑在⑥，荒城鲁殿余⑦。

从来多古意⑧，临眺独踌躇⑨。

【注释】

①这是杜甫到兖州看望父亲时所作的诗。诗人描绘了登兖州城楼所见到的雄浑阔大的壮丽景观，由秦碑、鲁殿引发思古之幽情。兖州：古称东郡，唐代州名，在今山东兖州市西。

②趋庭：《论语·季氏》中记载："鲤（孔子儿子）趋而过庭。"意为随侍父母，这里指杜甫到兖州看望父亲。

③南楼：兖州南城楼。纵目：放眼远望。初：初次。

④海岱：黄海、泰山。岱，泰山的别名，泰山又称岱宗、岱山。

⑤平野：平旷的原野。青徐：青州（今山东益都）和徐州（今江苏徐州）。

⑥孤嶂：孤立的山峰，指泰山。秦碑：秦始皇命人所刻的歌颂他功德的石碑。

⑦鲁殿：汉时鲁恭王在今山东曲阜建的灵光殿。

⑧古意：伤古的意绪。

⑨临眺：登高远望。踌躇：犹豫不决的样子。

送杜少府之任蜀川^①

王 勃^②

城阙辅三秦^③，风烟望五津^④。

与君离别意^⑤，同是宦游人^⑥。

海内存知己，天涯若比邻^⑦。

无为在歧路^⑧，儿女共沾巾^⑨。

【注释】

①诗题一作《杜少府之任蜀州》，这是王勃的一首送别诗。这首赠别诗纵横捭阖，变化无穷，仿佛在一张小小的画幅上，包容着无数的丘壑，有看不尽的风光，显示了诗人不凡的胸襟和奋发向上的精神。少府：县尉，地位仅次于县令，掌管一带治安。之任：赴任。蜀川：今四川省。

②王勃（650或649—676）：字子安，绛州龙门（今山西省河津县）人，初唐诗人。与杨炯、卢照邻、骆宾王以诗文齐名，并称"王杨卢骆"，亦称"初唐四杰"。

③城阙：本指皇宫门前的望楼，这里指唐代京都长安。阙，宫门前的望楼。辅：拱卫，护着。三秦：指长安附近的关中一带。

④风烟：风光烟色，美好的景色。望：遥望。五津：四川岷江中的五个渡口，即白华津、万里津、涉头津、江南津、江首津。

⑤君：您，指杜少府。离别意：离别的意绪。

⑥宦游：外出做官。

⑦"海内"以下两句：强调了朋友间的亲情，所谓心近无远近，洗去了别离场合中习见的缠绵悲恻，显示出诗人的胸襟与气量。海内，四海之内，指天下。知己，知心朋友。天涯，天边，极远的地方。比邻，近邻。

⑧无为：不要。歧路：岔路口。

⑨沾巾：让泪水沾湿手巾（或佩巾），指挥泪告别。

送崔融①

杜审言

君王行出将②，书记远从征③。
祖帐连河阙④，军麾动洛城⑤。
旌旗朝朔气⑥，笳吹夜边声⑦。
坐觉烟尘扫⑧，秋风古北平⑨。

【注释】

①这是一首送别诗。诗人描绘出送别场面的壮观，设想军旅到达北方必将大功告成，表达了自己的祝福。崔融：唐代诗人，字安成。

②行出将：命令将军出征。

③书记：指崔融，时任节度使幕府执掌书记随军出征。

④祖帐：饯别时在野外临时搭建的帐篷。河阙：即伊阙，在今河南省洛阳市西南，因龙门山（西山）和香山（东山）隔伊水夹峙如阙门，故称。

⑤军麾（huī）：军旗，借指军旅。洛城：洛阳城。

⑥朔气：北方的寒气。

⑦笳：胡笳，一种管乐器，类似笛子，军中用来发布号令。边声：边地的胡笳声。

⑧坐觉：顿觉。

⑨古北平：古代的北平郡，唐初改称平州。

扈从登封途中作^①

宋之问^②

帐殿郁崔嵬^③，仙游实壮哉^④。

晓云连幕卷，夜火杂星回^⑤。

谷暗千旗出^⑥，山鸣万乘来^⑦。

扈从良可赋^⑧，终乏掞天才^⑨。

【注释】

①这首诗描述的是帝王出巡，祭祀登封的事。诗人用夸张的手法描写皇帝行宫的庄严华贵，显示了皇家的不凡气派，表达了歌功颂德之意。扈（hù）从：皇帝出行时随从护驾。

②宋之问（约656—约713）：一名少连，字延清，唐代文学家。与沈佺期齐名，世称"沈宋"。宋之问精音律，在近体诗定型中起了重要作用。

③帐殿：皇帝出巡时用帐幔搭建的临时宫殿。郁：装饰色彩华丽。崔嵬（wéi）：高大。

④仙游：指皇帝出巡。壮：雄壮威武。

⑤杂：杂同，连同。

⑥谷暗千旗出：上千面旗帜遮暗了山谷，扈从的军队走了过来。

⑦山鸣万乘来：山间发出轰鸣声，皇帝的车驾由此经过。万乘，帝王。

⑧良可赋：实在值得赋诗。

⑨乏：缺少。掞（yàn）天才：形容非常有文采。掞天，光芒照天。掞，光芒。

题义公禅房①

孟浩然

义公习禅寂②，结宇依空林③。

户外一峰秀，阶前众壑深。

夕阳连雨足④，空翠落庭阴⑤。

看取莲花净⑥，方知不染心。

【注释】

①诗题一作《题大禹义公房》。诗人用秀峰、深壑、积雨、翠阴营造出寂静淡雅的环境，烘托出主人的清心寡欲，巧妙地以莲花作比喻，称颂禅师内心一尘不染、毫无尘俗思想。禅房：僧房。

②义公：唐代的一位高僧，与孟浩然有交往。习禅寂：习惯于禅房的寂静。

③结宇：造房子。空林：空旷的山林。

④雨足：雨的踪迹。

⑤空翠：空明苍翠。

⑥莲花净：莲花出淤泥而不染，所以多用莲花象征洁净。

醉后赠张九旭①

高 适

世上漫相识②，此翁殊不然③。

兴来书自圣④，醉后语尤颠⑤。

白发老闲事⑥，青云在目前⑦。

床头一壶酒，能更几回眠。

【注释】

①这首诗用轻松随意的口吻展现了张旭的人品性格及特长爱好。诗人从张旭平日不轻易与人交往、兴来书圣、醉后语颠三个方面突出其豪放不羁，对其青云直上表示祝贺，对其日后能否如往常一样生活表示关心与忧虑，显示了诗人与张旭的深厚友谊。张九旭：张旭，字伯高，唐代著名书法家，以草书著称，人称"草圣"，因排行第九，故称张九。与李白诗歌、斐旻剑舞为天下三绝。

②漫：随意。

③此翁：张旭。殊不然：特别与众不同。

④兴：兴致。

⑤尤：更加。颠：癫狂，张旭号称"张癫"。

⑥白发老闲事：直到晚年也不求闻达，只是闲居自乐。

⑦青云：青云直上，这里指张旭被唐玄宗召为博士这件事。

玉台观①

杜 甫

浩劫因王造②，平台访古游③。

彩云萧史驻④，文字鲁恭留⑤。

宫阙通群帝⑥，乾坤到十洲⑦。

人传有笙鹤⑧，时过北山头。

【注释】

①这首诗用了一系列典故与神话传说，描绘了玉台观恢弘的气势和壮丽的景色，写出道观飘然出世的风貌。玉台观：道观名。

②浩劫：佛塔的大层级，这里指玉台观的台阶。王：滕王李元婴。

③平台：古迹名，在河南商丘东北，此处指玉台观。访：寻访。

④彩云：指壁画上的云彩。萧史：《列仙传》中记载，萧史善吹箫，秦穆公便把喜欢箫的女儿弄玉嫁给了他，并为他们建造了凤台。数年以后，弄玉跨凤，萧史驾龙，双双升天。

⑤鲁恭：鲁恭王刘余，汉景帝子，在扩建宫殿时曾拆毁孔子旧宅，在墙壁间获得《古文尚书》等儒家经典，此处用鲁恭王所保留的儒家经典比喻玉台观上的题词。

⑥群帝：五方的天帝。

⑦乾坤：代指玉台观的殿宇。十洲：古代传说中仙人居住的十个岛屿，此处泛指四海之地。

⑧笙鹤：《神仙传》中记载，周灵王之子子乔，好吹笙，在伊洛间游历，道士浮丘公接他上了嵩山。三十多年后，他在缑氏山顶，挥手告别世人乘鹤而去。

观李固请司马弟山水图①

杜 甫

方丈浑连水②，天台总映云③。

人间长见画，老去恨空闻④。

范蠡舟偏小⑤，王乔鹤不群⑥。

此生随万物⑦，何处出尘氛⑧。

①本诗是一首题画诗。诗中赞美了山水画的形象逼真、绘画者技艺高超，借画中景色表达出对隐逸、游仙生活的向往，含蓄地表达了对社会现实的不满。李固：蜀人，其弟曾任司马，能作山水画。

②方丈：传说中海上的三座仙山之一，这里指画中的仙境。浑：全。

③天台：山名，在今浙江省。

④恨：遗憾。空闻：只是听说而已。

⑤范蠡（lí）：春秋时越国大夫，辅佐勾践灭吴之后，携西施泛舟太湖，不知所向。

⑥王乔：王子乔。本是周灵王之子，后来成仙。

⑦随万物：随万物而浮沉，即随俗而生。

⑧尘氛：尘俗的气氛。

旅夜书怀①

杜 甫

细草微风岸②，危樯独夜舟③。

星垂平野阔，月涌大江流④。

名岂文章著，官因老病休⑤。

飘飘何所似，天地一沙鸥⑥。

【注释】

①这首诗是杜甫离开四川成都草堂以后在旅途中所作。诗歌以雄浑壮阔的景象衬托一叶扁舟的微不足道，以孤苦飘零的沙鸥比喻自己，深刻地表现了诗人内心漂泊无依的感伤。

②细草：江岸小草。

③危樯：高高的桅杆。独夜舟：孤零零的一只船在江上过夜。

④"星垂"以下两句：因为原野宽阔，所以星星显得好像从天空垂下一样，形象地描绘出原野的辽阔；长江奔腾不息，辽阔无边，所以月亮好似从江面上涌现出来一般。星垂，星光低垂。涌，腾跃，此指波光闪烁。大江，长江。

⑤因：应该是，是。

⑥"飘飘"以下两句：以设问的手法用沙鸥做比喻，描述自己孤苦凄凉的境遇。飘飘，到处漂泊，无依无靠。沙鸥，杜甫自比。

登岳阳楼①

杜 甫

昔闻洞庭水②，今上岳阳楼③。
吴楚东南坼④，乾坤日夜浮⑤。
亲朋无一字⑥，老病有孤舟。
戎马关山北⑦，凭轩涕泗流⑧。

【注释】

①作这首诗时，杜甫携家眷由公安（今湖北境内）南来，抵达岳阳，登临岳阳楼，赋诗咏怀。诗歌描绘了洞庭湖的浩瀚壮阔景象，寄寓了诗人身世坎坷、怀才不遇、孤苦飘零等复杂的感情，对国家时局忧心忡忡。意境开阔宏伟，风格雄浑渊深。

②洞庭水：洞庭湖，在今湖南省东北部。

③岳阳楼：位于今湖南省岳阳，前临洞庭湖。

④吴楚：春秋时两个诸侯国名，其地域大致在我国东南部的湖南、湖北、江西、安徽、浙江、江苏等长江中下游一带地方。坼（chè）：划分，古楚地大致在洞庭湖的西北部，吴在湖的东南部，两地好似被湖水分开。

⑤乾坤日夜浮：日月星辰和大地都昼夜飘浮在洞庭湖上。乾坤，天

地。这里说洞庭湖湖面宽广。

⑥无一字：音信全无。

⑦戎马：兵马，此处指战事。关山北：泛指北方边地。

⑧凭轩：依着楼窗。涕泗流：眼泪、鼻涕禁不住地流淌。

江南旅情①

祖　咏

楚山不可极②，归路但萧条③。

海色晴看雨④，江声夜听潮⑤。

剑留南斗近⑥，书寄北风遥⑦。

为报空潭橘⑧，无媒寄洛桥⑨。

【注释】

①这是一首旅途怀乡之作。诗以江南景色做衬托，写出与家人音信隔绝、两地茫茫的思乡之苦。

②楚山：楚地之山，泛指江南的山。极：尽。

③归路：归途，返乡的路。但：只。萧条：冷落寂寞的样子。

④海色：海上日出的景色。又解作江边的景色。

⑤江声：江水奔流的声音。夜听潮：从江流奔腾声判断是否涨潮。

⑥南斗：星名，其分野正对吴地。

⑦书寄北风遥：要往北方寄封家信，却像是北风吹鸿雁，能南不能北。

⑧空潭橘：泛指南方的橘子。空潭，深潭，指昭潭，在湖南境内，湘江水最深的地方，古时有"昭潭无底橘洲浮"的说法。

⑨媒：捎信人。洛桥：洛水上的天津桥，在洛阳，这里指代诗人故乡洛阳。

宿龙兴寺①

綦毋潜②

香刹夜忘归③，松清古殿扉。

灯明方丈室④，珠系比丘衣⑤。

白日传心净⑥，青莲喻法微⑦。

天花落不尽，处处鸟衔飞⑧。

【注释】

①这首诗写诗人游览佛寺留宿不归的见闻感受，反映了僧侣的夜间生活，传达了玄妙的佛理，表达了诗人超脱尘俗向往方外的思想。龙兴寺：其所指说法不一，一说在今湖北省房县西北，一说在今湖南省零陵县西南。

②綦（qí）毋潜：字孝通，唐代诗人。他的诗善写幽寂之景，诗风接近王维，充满禅理，为盛唐田园山水诗代表人物之一。

③香刹：佛寺。

④方丈：寺院长老或住持说法处，此处泛指禅房。

⑤珠：佛教徒所挂的念珠。比丘：和尚。

⑥白日：这里比喻长老传法时，心像晴日那样明朗洁净。

⑦青莲：青色莲花，佛教以为莲花清净无染，常用来指称和佛教有关的事务，这里指佛经。微：精微。

⑧"天花"以下两句：《维摩经·观众生品》中记载，佛祖让天女散花来试探菩萨和声闻弟子的道行，花落之不尽，有鸟衔之而去。

破山寺后禅院^①

常　建^②

清晨入古寺，初日照高林^③。
曲径通幽处^④，禅房花木深。
山光悦鸟性，潭影空人心。
万籁此俱寂^⑤，惟闻钟磬音^⑥。

【注释】

①诗题一作《题山寺后禅院》。这首诗吟咏的是佛寺禅院，抒发了诗人寄情山水的隐逸胸怀。破山寺：又名兴福寺，故址在今江苏省常熟市虞山北，始建于南朝齐，唐咸通九年（868年）赐额破山兴福寺。

②常建：唐代诗人，长安（今陕西西安）人。常建一生沉沦失意，耿介自守，不趋附权贵。诗多为五言，以描写田园风光、山林逸趣为主。意境恬淡清迥，语言洗练自然，风格质朴清新，为盛唐山水田园诗派的重要作家，有"王、孟、储（储光羲）、常"之称。禅房：寺院中僧侣居住的地方。

③初日：朝阳。

④曲径：弯弯曲曲的小路。幽处：幽静的地方。

⑤万籁（lài）：自然界的各种声音。此俱寂：这里一切都很寂静。

⑥惟闻：只听到。钟磬（qìng）：寺院里的两种乐器，诵经、斋供时用以敲击的信号，发动时用钟，终止时用磬。

题松汀驿①

张　祜②

山色远含空③，苍茫泽国东④。

海明先见日，江白迥闻风⑤。

鸟道高原去⑥，人烟小径通⑦。

那知旧遗逸⑧，不在五湖中。

【注释】

①这是一首写景叙事诗。诗歌以清丽的语言描绘了江南美景以及江南道路的狭窄曲折，抒发了寻友不遇的怅惘。也有人认为此诗含有对排挤自己的人的讽刺。松汀驿：驿站名，在太湖东部江苏吴江一带，具体位置不详。

②张祜（约785—约852）：字承吉，中晚唐著名诗人。他作诗用心良苦，宫词辞曲华丽，五律沉静浑厚，有隐逸之气。

③含：衔接。

④苍茫：旷远迷茫的样子。泽国：指太湖及吴中一带。

⑤迥（jiǒng）：远。

⑥鸟道：只有鸟可以飞越的地方，形容山路险峻狭窄。

⑦人烟：人迹，住户。

⑧那知：哪知，谁知道。旧遗逸：指诗人隐居江湖的旧友。遗逸，隐身遁迹的人。

圣果寺^①

释处默^②

路自中峰上^③，盘回出薜萝^④。
到江吴地尽^⑤，隔岸越山多。
古木丛青霭，遥天浸白波。
下方城郭近^⑥，钟磬杂笙歌^⑦。

【注释】

①这首诗写出圣果寺地势的高远、环境的优雅以及俯瞰吴越的气势，虽然靠近尘世却不为流俗所扰，表达了诗人方外生活的自适。圣果寺：故址在浙江省杭州市城南凤凰山上。

②处默：僧人，曾与释贯休有密切往来，后入庐山，与释修睦、栖隐游，为罗隐、郑谷诗友。

③中峰：主峰。

④盘回：盘旋萦绕的山路。薜（bì）萝：薜荔、女萝，两种藤萝植物。

⑤江：钱塘江，古时江北属吴，江南属越。

⑥下方：山下。城郭：位于凤凰山北的杭州城。

⑦笙歌：笙管歌舞。

野　望①

王　绩②

东皋薄暮望③，徙倚欲何依④。

树树皆秋色，山山惟落晖⑤。

牧人驱犊返⑥，猎马带禽归。

相顾无相识⑦，长歌怀采薇⑧。

【注释】

①这首诗写的是山野秋景。诗中描绘了一幅动人的山居暮归秋景图，在闲适的情调中抒发了诗人凄凉无依的情感，一说寄托了诗人避世隐居之意。

②王绩（约589—644）：字无功，自号东皋子、五斗先生。他的诗歌多写山水田园风光与隐士生活，平淡疏野，对唐诗的发展有一定影响。

③东皋（gāo）：绛州龙门的一个地方，诗人归隐后的常游之地。皋，水边地。薄暮：傍晚。

④徙倚：徘徊。欲何依：打算依靠什么，描绘诗人内心苦闷、彷徨不安的神态。

⑤落晖：夕阳余晖。

⑥犊：小牛。

⑦相顾：相看。

⑧采薇：诗人联想到《诗经》中关于"采薇"的片段，借此抒发苦闷之情。一说此处引用伯夷、叔齐的典故，寄托避世隐居之意。薇，野菜名，多年生草本植物，嫩叶可食。

送别崔著作东征①

陈子昂

金天方肃杀②，白露始专征③。
王师非乐战④，之子慎佳兵⑤。
海气侵南部⑥，边风扫北平⑦。
莫卖卢龙塞⑧，归邀麟阁名⑨。

【注释】

①这是一首关于出征赠别的诗，立意独特。诗中既写出了出征的原因，又谆谆告诫友人千万不要滥杀无辜、虚报战功，表达了诗人不怕用兵但要慎于用兵的政治主张。崔著作：崔融，字安成，武则天时期诗人，与李峤、苏味道、杜审言并称"文章四友"。

②金天：秋天，秋季在五行中属金。方：正。肃杀：严酷萧瑟的样子。古人以为秋季充满肃杀之气，正好用兵。

③白露：二十四节气之一。专征：专门从事征伐。

④王师：帝王的军队。乐战：喜欢打仗。

⑤之子：这些从征的人，指崔融等。佳兵：用兵。

⑥海气：边地战尘。侵南部：往南侵犯窜扰。

⑦扫：扫荡，荡平。北平：北平郡，治所在今河北卢龙县。

⑧卖：出卖。卢龙塞：古代军事要塞，在今河北省喜峰口附近。

⑨麟阁：麒麟阁，汉代所建，在未央宫中，阁中画功臣图像以表彰他们的功勋。

携妓纳凉晚际遇雨^①

其一

杜 甫

落日放船好^②，轻风生浪迟。

竹深留客处，荷净纳凉时。

公子调冰水^③，佳人雪藕丝^④。

片云头上黑，应是雨催诗。

【注释】

①诗题一作《陪诸贵公子丈八沟携妓纳凉晚际遇雨二首》，这是第一首。诗中描写了雨前纳凉的情景。纳凉：乘凉。

②放船：泛舟。

③调冰水：用冰调制冷饮之水。

④雪藕丝：雪，擦拭。藕丝，彩色名，雪藕丝即美貌女子在涂脂抹彩梳妆打扮。一说雪藕丝是切藕成丝。

携妓纳凉晚际遇雨①

其二

杜 甫

雨来沾席上②，风急打船头。

越女红裙湿③，燕姬翠黛愁④。

缆侵堤柳系⑤，幔卷浪花浮⑥。

归路翻萧飒⑦，陂塘五月秋⑧。

【注释】

①这首诗承上首写贵公子游赏时遇雨之后的情景，描绘出风雨骤至雨湿衣衫的狼狈、避雨柳岸以及雨停后归路的萧条冷落。

②沾：溅。

③越女：南方的佳人。

④燕姬：北方的美女，越女、燕姬在这里指歌妓。翠黛：女子的眉毛，古代女子用螺黛画眉，故有此称。

⑤缆：拴船的缆绳。侵：靠近。

⑥幔：船上的布幔，用来遮阳。

⑦翻：反而。萧飒：萧条冷落。

⑧陂（bēi）塘：池塘。五月秋：时值五月，但因雨后风凉，反而像是深秋。

宿云门寺阁^①

孙逖

香阁东山下^②，烟花象外幽^③。

悬灯千嶂夕^④，卷幔五湖秋^⑤。

画壁余鸿雁，纱窗宿斗牛^⑥。

更疑天路近，梦与白云游。

【注释】

①云门寺是当时一个有名的隐居之地。这首诗紧扣诗题，以时间为线索，又以空间为序描写了诗人在夜宿云门寺的见闻感受，诗中用夸张的手法写出山寺幽清险峻，表达了诗人由于夜宿山寺而产生的方外之想。云门寺：故址在今浙江省绍兴市云门山上。

②香阁：云门寺阁，佛教称佛地有众香国，楼阁范围都香。东山：云门山。

③烟花：繁花盛开的景色，这里借指美好的景色。象外：物象之外，尘俗之外。

④嶂：像屏障一样陡峭的山峰。

⑤五湖：本指太湖及其附近湖泊，此指镜湖。

⑥斗牛：二星宿，其分野相当于今浙江、江苏、安徽、江西一带。

秋登宣城谢朓北楼①

李 白

江城如画里②，山晚望晴空③。

两水夹明镜④，双桥落彩虹⑤。

人烟寒橘柚⑥，秋色老梧桐。

谁念北楼上，临风怀谢公⑦。

【注释】

①唐玄宗天宝十二载（753年）秋季，李白再度来到宣城。在一个秋日的傍晚，他登上谢朓北楼，心潮澎湃，看到眼前的景色，立刻想到当年谢朓的遭遇，不禁感慨万千。他借景抒情，表达了他对前代诗人的缅怀，并借此抒发自己政治上的苦闷和彷徨之感。宣城：唐宣州治所，在今安徽水阳江西岸。谢朓北楼：即谢朓楼、谢公楼，为南齐谢朓任宣城太守时所建，在陵阳山顶，御史中丞兼宣州刺史独孤霖将北楼改建，因其地势高且险，崖叠如嶂，故题名"叠嶂楼"。

②江城：水边的城，指宣城。

③望：往远处看。

④两水：指环绕宣城的宛溪、句溪。明镜：指桥洞和它的倒影合成的圆形，犹如圆的镜子。

⑤双桥：指宛溪上的凤凰、济川二桥，隋朝开皇年间建造。彩虹：指水中桥影。

⑥橘柚：生长在我国南方的两种常绿乔木，花白色，树有刺，果实球形或扁圆形，果皮红黄或淡黄，两种树很相似，但又有区别。古人橘柚连用者，往往仅指橘。

⑦谢公：对谢朓的敬称。

临洞庭①

孟浩然

八月湖水平②，涵虚混太清③。
气蒸云梦泽④，波撼岳阳城⑤。
欲济无舟楫⑥，端居耻圣明⑦。
坐观垂钓者，徒有羡鱼情⑧。

【注释】

①诗题一作《望洞庭湖赠张丞相》，又作《岳阳楼》。这是一首干谒诗，写于唐玄宗开元二十一年（733年），当时孟浩然仍是一名隐士。他西游长安，不甘寂寞，想出来做事，苦于无人引荐，于是写了这首诗赠给当时居于相位的张九龄，希望得到张丞相的赏识和录用。诗描绘了洞庭湖秋天的壮观奇伟景象，抒发了诗人求官不得的郁郁苦闷，表达了希望得到引荐的心情。

②平：湖水齐岸，风平浪静。

③涵虚混太清：水映天空，与天混同，形容湖水与天空浑然一体。

④气蒸：水面上云气蒸腾。云梦泽：古时二湖泽名，在今湖北南部，湖南北部。云泽在长江北，梦泽在长江南，今多为陆地。

⑤波撼：洞庭湖水波涛汹涌，似乎可以震撼岳阳城。岳阳城：今湖南岳阳市，在洞庭湖东岸。

⑥济：渡。舟楫：船、桨。

⑦端居：安居，闲居，这里指隐居。耻：感到羞耻。圣明：皇帝圣哲明睿，任用贤明。

⑧羡鱼情：这里以垂钓者比喻隐居者，以羡鱼情比喻脱俗的愿望。

过香积寺①

王　维

不知香积寺，数里入云峰②。

古木无人径，深山何处钟。

泉声咽危石③，日色冷青松④。

薄暮空潭曲⑤，安禅制毒龙⑥。

【注释】

①这是一首写游览的诗，描写了山中古寺的幽深静寂。题意在写山寺，但并不正面描摹，而侧写周围景物，来烘托映衬山寺之幽胜。最后看到深潭已空，想到佛经中所说的其性暴烈的毒龙已经制服，喻指只有克服邪念妄想，才能悟到禅理的高深，领略宁静之幽趣。诗歌构思奇妙、炼字精巧。过：访问。香积寺：一名开利寺，故址在今陕西省西安市南。

②入云峰：登上云雾缭绕的山峰。

③泉声咽危石：泉水在高耸的岩石间流淌，声音如同人在呜咽。咽，呜咽。危，高。

④日色冷青松：日光照耀下青松让人产生一种阴冷的感觉，写出山深林茂、人迹罕至的情形。

⑤空潭：明净清澈的水潭。

⑥安禅：指身心安然进入清寂宁静的境界。毒龙：佛经中的凶猛动物，这里比喻非分的想法和欲望。

送郑侍御谪闽中①

高 适

谪去君无恨②，闽中我旧过③。
大都秋雁少④，只是夜猿多。
东路云山合⑤，南天瘴疠和⑥。
自当逢雨露⑦，行矣慎风波⑧。

【注释】

①这是一首送别诗。它的特别之处在于诗中没有诉说依依不舍的惜别之情，而是侧重对友人的安慰和劝勉。诗人以自己的亲身经历向友人介绍闽中风物，着重指出生逢盛世，早晚会得到帝王的恩泽，表达了对友人的美好祝福。侍御：古代达官的侍从。

②谪（zhé）：贬谪，古代官员被降职或者外调。无：通"毋"，不要。

③闽中：今福建省一带。旧过：以前去过。

④大都：大概。秋雁少：因闽中在南岭南，大雁大都不过南岭，故称秋雁少。

⑤东路：向东行走。合：结合。

⑥瘴疠：南方山林间的毒气和瘟疫病毒。和：温和。

⑦自当：终当，终究会。雨露：比喻皇帝的恩泽。

⑧慎风波：比喻的手法，劝诫友人处事要谨慎。

秦州杂诗①

杜 甫

凤林戈未息②，鱼海路常难③。

候火云峰峻④，悬军幕井干⑤。

风连西极动⑥，月过北庭寒⑦。

故老思飞将⑧，何时议筑坛⑨。

【注释】

①《秦州杂诗》是组诗，共二十首，本诗是第十九首。诗写出当时战乱不息、边事不宁以及战士行军环境的恶劣，表达了诗人对时局动荡的焦虑不安。秦州：今甘肃省天水县。

②凤林：凤林关，秦州境内，在今甘肃临夏西北。戈：干戈，战争。息：平息。

③鱼海：地名，秦州境内，当时常为吐蕃所侵扰。路常难：常有战事，道路难通。

④候火：烽火，边境报警的火。候，通"堠"，哨所。云峰峻：这里形容烽火高而烈，情况紧急。

⑤悬军：孤军深入。幕井：有井盖的井。

⑥西极：西方极远之地，指唐代西北边境。动：摇动。

⑦北庭：唐代曾设北庭都护府，在今新疆吉木萨尔县北的破城子。

⑧故老：泛指边城的老百姓。飞将：汉代名将李广英勇善战，匈奴人称为"飞将军"。

⑨筑坛：筑坛拜将。汉高祖刘邦曾斋戒设坛场，拜韩信为大将军。

禹　庙①

杜　甫

禹庙空山里②，秋风落日斜③。

荒庭垂橘柚④，古屋画龙蛇⑤。

云气生虚壁⑥，江深走白沙。

早知乘四载⑦，疏凿控三巴⑧。

【注释】

①这首诗作于唐代宗永泰元年（765年）秋，杜甫出蜀东下，途经忠州时，游览了禹庙。诗歌描写了蜀庙及其周围的环境，歌颂了大禹不畏艰险为民造福的精神，含蓄地讽刺了当时社会凋敝不堪的现实，希望统治者能重整山河，实现国泰民安。

②禹庙：在忠州（治所在今四川省忠县）岷江边的山崖上，为纪念大禹所建。

③斜：斜照。

④橘柚：一作"桔柚"，桔为橘的俗写。

⑤龙蛇：《孟子·滕文公》中记载，大禹治水时，"掘地而注之海，驱龙蛇而放之菹（zù）"。

⑥虚壁：石壁经禹疏凿开断之处。

⑦四载：舟、车、楯、樏四种交通工具。

⑧疏凿：凿开山崖，疏通水道。三巴：巴郡、巴东、巴西，这里泛指四川一带。

望秦川①

李 颀②

秦川朝望迥③，日出正东峰。

远近山河净④，逶迤城阙重⑤。

秋声万户竹，寒色五陵松⑥。

客有归欤叹⑦，凄其霜露浓⑧。

【注释】

①这首诗作于李颀弃官出长安过秦川时。诗描绘出帝都的壮丽与秦川萧瑟的秋景，委婉含蓄地表达了诗人罢职之后内心的惆怅与苦闷。诗歌境界开阔，感情深沉。

②李颀（qí，？—约753），唐代诗人。他擅长五言古诗及七言歌行，以写边塞题材为主，风格慷慨悲凉。

③秦川：地名，泛指今陕西、甘肃秦岭以北地区。朝望：早晨向东望。迥（jiǒng）：远。

④净：明净。

⑤逶迤（wēi yí）：连绵不断的样子。重：重叠。

⑥五陵：长安城外汉代的五个皇帝的陵墓。

⑦归欤：回去吧。

⑧凄其：寒冷的样子。

同王征君洞庭有怀^①

张 谓^②

八月洞庭秋，潇湘水北流^③。

还家万里梦，为客五更愁。

不用开书帙^④，偏宜上酒楼^⑤。

故人京洛满^⑥，何日复同游。

【注释】

①诗题一作《同王征君湘中有怀》。这是一首写思乡之情的抒情诗。诗歌由潇湘北流引发思乡之情，登楼饮酒本为消愁，却触发了对往昔宴饮的回忆，徒增愁绪，诗歌生动地写出羁旅之愁。征君：古代对曾受到朝廷征召而不肯做官的隐士的尊称。

②张谓，字正言，唐代诗人。他的诗多五、七言律。清新流畅，趣味盎然。

③潇湘：湖南两条河名，湘江流至零陵县与萧水汇合，北流入洞庭湖。

④书帙（zhì）：书籍。帙，布帛做的包书的套子。

⑤偏宜：最应该。

⑥京洛：京都长安及东都洛阳一带。

渡扬子江①

丁仙芝②

桂楫中流望③，空波两畔明。

林开扬子驿，山出润州城④。

海尽边阴静⑤，江寒朔吹生⑥。

更闻枫叶下，淅沥度秋声⑦。

【注释】

①这首诗写的是诗人横渡长江时的所见所闻。诗歌以"望"字为核心，移步换景，抓住人在船中视角不断变化的特征，描绘出一幅优美的扬子江秋景图，寄予了诗人淡淡的思乡愁绪。扬子江：长江下游，今江苏仪征、镇江、扬州一段的江水。

②丁仙芝，字元祯，唐代诗人，生卒年不详。

③桂楫：桂木做成的船桨，这里指代船。楫，船桨。中流：江中。

④润州：唐代州名，故址在今镇江市。

⑤边阴：边地的云气。静：安静，宁静。

⑥朔吹：北风。

⑦淅沥：拟声词，这里指落叶声。度：传送。

幽州夜吟①

张 说

凉风吹夜雨，萧瑟动寒林②。

正有高堂宴③，能忘迟暮心④。

军中宜剑舞⑤，塞上重笳音⑥。

不作边城将，谁知恩遇深⑦。

【注释】

①写这首诗时，诗人被贬为幽州都督，久不得还京，心情怨愤。这首诗写诗人在幽州任上与边将宴饮，诗中描写了边城夜宴的情景，颇具凄婉悲壮之情，也委婉地流露出诗人对遣赴边地的不满。幽州：唐代州名，境辖相当于今北京市，治所在今北京市大兴。

②动：摇动。

③高堂宴：在高大的厅堂举办宴会。

④迟暮心：因衰老引起凄凉暗淡的心情。迟暮，岁暮，衰老，晚岁或者事业无成。

⑤剑舞：舞剑。

⑥重：注重。笳音：边地吹奏笳管的声音。笳，即胡笳，中国古代北方民族吹奏的一种乐器。

⑦恩遇：皇帝的恩宠。